文通天下

是上帝让你成为我今生的宝贝，

让我可以完全放任地把爱挥霍在你的身上。

郑明娳

台湾师范大学国文研究所毕业，文学博士。曾任台湾师范大学国文系专任教授，现任东吴大学中文系专任教授。著有《教授的底牌》等25种著作，编有《当代台湾文学评论大系》等29种作品。曾获台湾文艺理论奖、中山文艺散文创作奖、十大杰出青年金手奖等11项奖项。

Moi et mon petit amants

我和我的
"小情人"

台湾著名散文家郑明娳与爱子
最真实动人的故事

郑明娳 著

世界图书出版公司

图书在版编目(CIP)数据

我和我的"小情人"：台湾著名散文家郑明娳与爱子最真实动人的故事 / 郑明娳著.—
北京：世界图书出版公司北京公司，2012.3
ISBN 978-7-5100-4290-4

I.①我… II.①郑… III.①散文集－中国－当代 IV.①I267

中国版本图书馆 CIP 数据核字(2012)第 047441 号

我和我的"小情人"：台湾著名散文家郑明娳与爱子最真实动人的故事

著　　者：郑明娳
责任编辑：刘　煜
策划编辑：毕　晶
特约编辑：李　溪
出 版 人：张跃明
出　　版：世界图书出版公司
发　　行：世界图书出版公司长春有限公司
　　　　　（吉林省长春市春城大街 789 号　邮编：130062　电话：0431－86710755）
销　　售：各地新华书店
印　　刷：三河市兴达印务有限公司
　　　　　（邮编：065204　电话：0316－3515999）
幅面尺寸：170mm×210mm
印　　张：12.25
字　　数：121(千字)
版　　次：2012 年 3 月第 1 版
印　　次：2012 年 6 月第 1 次印刷
营销咨询：0431－86710755
编辑咨询：0431－86805562
读者咨询：DBSJ@163.com
ISBN 978-7-5100-4290-4/C・202　　　定价：32.80 元

自序
满意的关系

　　你出生时，护士在你小小的手腕上挂了一条蓝色塑料手环，上面写着"郑明娴之子"，它说明我们天生的法定关系。

　　你小时候，我当然宠你，如今你成年了，我仍然宠你。是上帝让你做我永远的Baby，那是所有华人母亲的天性：无论如何都忍不住要宠她的子女。

　　可是，我很贪心。除了母子缘分，我还希望我们有平行的朋友关系。我非常用心尊重你的意志、你的兴趣、你的私人空间。只要你接到电话，我立刻回到我房间，让你放心打电话；只要你跟朋友出门约会，我绝不问约会内容，只问你身上钱够不够，再送你到门口，祝你"尽情玩乐"；只要是你在读书或工作，我绝不轻易打扰你。

我们住在一起时，我非常努力地让你觉得完全拥有自由自在的空间，你想什么、你要什么、你做什么，都会得到尊重。

我对你平等相待，我对你无话不谈，我对你从不掩饰，我要你指正我的缺点并提醒我的弱点。久而久之，你自然也用平等的态度面对我。我们成为好朋友啦！

我认为每个人心中，都有长不大的地方——或者说，有不愿意长大的部分。我好像尤其多。只要跟人一熟，很快我就变小了。甚至跟你相处，你还只是高二学生，用功读书时，我竟找机会缠着你，非要你停下来，喝我打的新鲜果汁："你如果不喝光，我就一直在旁边吵得你无法读书！"

你慢慢喝完，之后，低下头对着跪在地毯上头靠着你的大腿的我，温和地说："你先去睡觉吧。"那态度真像一位父亲对着刁蛮的女儿说话啊！我终于心满意足地收拾茶杯，不再吵你。

并不是每一位母亲都有机会可以永远溺爱她的子女，许多孩子因为溺爱而走偏学坏。可是我，不论用多少爱都淹没不了你。很少人知道：当你可以完全放任地把爱挥霍在一个人身上，对方全部接受、却从无负面效应，那是多么幸福的事啊！而且，因为不断的付出才知道自己身上潜藏着这么多的爱。原来，爱是取之不尽，用之不竭的。我真幸运，因为你永远宠不坏。

你可能未意识到我们也像知音般投缘。除了谈话家常，我们还拥有很多共同的知性空间：一起看电影、谈漫画、读小说、讲人生……这是打从你参加高中联考、我们母子重逢时，我就决定全力以赴的目标。我要做你的朋友更甚于一位母亲。十多年来，我最能感受到：拥有一个朋友般的儿子真是无限的福气！

许多母亲到多伦多探亲，总是顺道观光加拿大那永远看不完的美景。然而，我的"景点"只有你：早晨陪你早餐再送你出门，黄昏等你回来共进晚餐。我希望每天都能亲自送你出门，当你开门回家，必然看到我迎向前去，只为享受我们聚少离多的相处时光。

我们的关系到底是什么？

是家人。

家人是：相聚时开心，分别时放心。

家人是：相处时关心，想起时窝心。

目录
CONTENTS

PART 1　从谷底爬升

目录
CONTENTS

PART 2　一株宁静的树

PART 1<<<

从谷底爬升

报　销

儿子国中毕业前，我打电话问他："高中考试时，你需要我陪考吗？"

"不用。"

我就飞往伦敦搜集资料去了。

在伦敦图书馆外，偶尔打电话跟儿子闲谈。有一次，再问他："升学考时，你确定不需要我陪吗？"

没想到他说："要。"

我立刻打包回到台北，儿子也搬回来跟我住。

过去一年，他父亲说要加强补习，我几乎完全没有机会跟儿子见面，不知道孩子已经完全"脱胎换骨"了。

他把自己关在房间里，除了上厕所，从不主动开门。即使在餐桌上，两人面对面坐着，也从不说话，绝无表情，眼帘低垂，从不看人，整张脸像苦瓜般皱着拉着。递上饭碗，他接过去，一声不吭快速埋头扒饭，一吃完立刻拉开椅子，回房，关门，又无声无息。

我不知道什么时候开始他变成这个样子，从不主动说话，即使回答问题，也绝不超过两个字。问他"要不要吃水果"，必然冷着脸说"随便"；问他"这样好不好"，必然如蚊子般低声说"还好"。

我想，任何人遇到这种情况，都会气结，都要抓狂。

孩子不但成绩落后，性情乖僻，精神更是委靡。我告诉自己：他病了！我一定要忍耐，要观察，要思考最适当的对待方法。

儿子国中成绩不好，所以台北县市所有可以报考的学校都报了名。最先是北市高中联考。我像所有家长，在考场附近的树荫下铺了报纸，坐在地上边看书边等他，看到有考生出来时，赶紧站在前面，迎接随时可能出来的儿子。

他出来了，面无表情，看不出考得好不好？我带他去吃中饭，故作轻松地问："辛苦了，你看看，哪间饭店比较喜欢？"

"随便。"

我只好挑一间饭店。坐下。

"乖乖，你想吃什么，尽管点！"我轻松地说。

"随便。"

我只好点三个他以前喜欢吃的菜。

开饭了，仍然冷场。我们之间不说话，快把我闷死了。我得说些什么。

"你考得满意吗？"

"还好。"

他低着头，不看我。谈话又中断。我想不出还能讲什么。只能冷场。

考完试，搭出租车，一回到家，他又钻进房间，直到叫他吃晚饭才出来。

晚上我送水果开他的房门，见他坐在书桌前，发呆。

我怕他要准备考试，只在吃饭及送水果时才敢唤他。

接连而来的考试，我仍然像陪哑巴上阵。可是，我这急性子、直肠子的人可不是哑巴。在饭店餐桌上，我使尽了低姿态，几天下来，他仍然不理不睬。我实在忍不住，尽全力压低嗓门儿，还是喷了出来："考试时考生虽然地位第一，但你也不能完全不理会陪考人的感觉。你为什么老是沉着一张脸给我看？"

他抬头望着我，没有表情也没说话，又低下头。

话一出口，我心里就骂自己：完了完了，你这样对待他，他永远都不会理你了……我心里七上八下，覆水难收了！我懊恼万分，这是当年的7月14日，我永远记得。

但，他看起来既未生气也没有不高兴，好像完全没有听到我怒气冲冲的话。

我又使出软姿态："乖乖，你辛苦了一天，咱们回家休息吧！"

　　他无声地跟着我上了出租车。一到家，又钻进房间。

　　我终于知道，儿子不但联考报销，连心灵也报销了。

变 形

一站站的考试，到最后一场私立高中联考，儿子不肯去了。

不用说我也知道。我自己以前参加考试，从来只报一次名，就几乎考死人。他这么连番上阵，怎么受得了。何况，成绩不好，考得再多也是一样。我们就此刹车。

考试结束，我并没有要儿子留下来，只是他再也不回他父亲那儿。

住在我这里，他可没有给我好日子过。那年长长的暑假，两人日夜相处，我每天翻查食谱，计划要做什么菜，水果果汁要轮流吃，宵夜要变花样。不善炊事的我，绞尽脑汁，忙得团团转，其他工作全部扔一边。

可是，我用心做出来的林林总总，他总是囫囵吞枣三两口扒完又钻进房间。

我想，我们应该有点谈话的题目，至少要交谈啊！

我好不容易想出一个适合跟他谈的话题，还没开口，总赶不上在他离席之前说出来。

我想，利用送水果进入他房间时，他如果不立刻吃，我就站在旁边跟他说话。他发现后，立刻把水果稀里呼噜一扫而光，让我没有机会开口。

显然，他不愿跟我讲话。

叫我如何接受这种情景？才一年时间。过去那个一见面就抱着我双腿唧唧喳喳的小男孩，完全变形了。

如今，我分分秒秒偷偷注意他的情绪、仔细思考对待他的态度，一再地调整，都没效。每天半夜我都觉得自己的耐性已经到了临界点，要爆炸了！但我一再警告自己：他的人格压抑扭曲到极点，不能怪他，是我们照顾得不好，我要忍耐！

有一天，国中同学来找他，在门口聊天。暑假以来，第一次看见儿子脸上出现笑容。不久，他跟同学一起出门。我真希望这位同学天天能来我家，或者天天找他出门，让他轻松、让他有笑容。

儿子回来后，我装得很轻松地随口问："你跟同学去哪里啊？你们好像玩得很开心哩。"

"打电动。"

说话终于多了一个字！

"那很好啊，你应该有轻松的生活，记得你小时候是打任天堂的高手哩。"

"还好。"

又恢复成两个字！

我想，只能利用吃饭时间跟他讲话，也只有延长吃饭时间才有机会讲话。我开始做汤，在他扒饭时，送上滚烫的热汤，他只能放慢速度喝，我就可以把准备好的话题拿出来。

当他的嘴唇刚凑上汤碗时，我飞快地开口……

不论我如何苦口婆心，他依然低着头面无表情一句话也不回答，不知道是没有听进去还是不肯响应。我压抑着悲愤，想想每天半夜我都不断地反省、不断地挖空心思想新话题……为什么我对学生稍为关心一点，对方就翻江倒海向我倾诉？为什么我的骨肉这样拒我于千里之外？

碗里的汤剩下半碗，他一语不发，站起来走回房间，关上门。

留下我一个人，恨不得撞墙。

转　折

　　有一天，我送水果时，推开儿子的房门，见他火速把桌上的东西往底下塞。我稍微瞄一眼，书桌底层堆着好多《少年快报》。这个不会做贼的儿子！

　　我装作没事地离开房间，迅速到储藏间翻箱倒箧找出我高中时代乱涂的人物素描。

　　晚餐桌上，我故作轻松随口说："其实，有很多漫画是有益身心的读物。"儿子突然抬起头，睁大眼瞧着我，没开口。

　　"小时候漫画是我唯一的精神食粮，我不但爱看而且也画了多年的少女漫画。"我秀出我的宝贝，儿子伸长脖子、睁大眼睛，第一次见他用心看东西。

"因为上课太无聊，我才会在下面偷偷乱画。我从小学就超迷恋漫画家叶宏甲笔下的四郎与真平。那时候，家里非常穷，小孩儿根本没有零用钱。可是，我居然每星期可以凑足三块钱去买一本《漫画周刊》。够沉迷吧？"

他望着我，脸色温和。

"我以前这么喜欢漫画，嘿，你应该也有我的遗传因子，你喜欢什么样的漫画？"

"我最先是喜欢漫画中的故事，后来发现还有其他很多东西……"儿子居然开口，而且愿意谈。我极力延长话题。

"漫画里除了故事，你还看到什么东西？"

"我第一次接触的漫画是《小叮当》，只喜欢它的故事。后来《少年快报》出现后，里面有很多可以比较、可以选择的连载漫画。我才发现科学、幻想、运动、社会写实之类的漫画比较有趣，像侦探推理、少女漫画，就不想主动去看。后来跟香港、美国的漫画比较，才知道我最喜欢日本漫画。"

这次轮到我的眼珠瞪得几乎要掉出眼眶。这个日日自闭在房间里的孩子、不言不语自暴自弃的孩子，不但偷偷看了世界各国的漫画，而且竟然也有台湾盛行的哈日情结。想起八年抗战的反日情绪，一时既惊又痛。但，我压抑情绪，还是给他打气："妈妈以前爱漫画，只是崇拜虚构的英雄，可是你看漫画的层次完全不一样，你能从各种漫画里发现不同的类型、不同的风格，并选择自己的品味，这是很不简单的功力呢！你从哪儿学来的？"

儿子第一次羞涩地微笑："我也不知道，你问我，才想到这些。"

我努力扭转他的哈日观念："美国漫画哪里会比日本差？他们起源早、发行广，他们的卡通是全世界儿童成长期的精神食粮！"

儿子突然变得很兴奋："美国漫画的内容老是讲英雄主义，用超人做主角，角色太简单、太单调了。日本漫画的人物比较复杂，重要角色总会出现性格的另一面。还有，美式漫画的画面太静态了，只是画片的排列。不上色的日本漫画非常擅长利用网点来制造各种背景情境、气氛风格。更重要的是，日本画家给了每个人物自己的脸部表情、身体动作。还有，日本漫画利用速度线，使得人物的动作有速度、有立体感。我所看的几部美式漫画，虽然上了色，但画面简单、没有动作感，真的缺少活力。"

"你阅读漫画的角度相当多啊！"我确实惊讶不读书的儿子哪来的这些"分析"能力？但我仍然反对日本漫画："难道香港、台湾都没有本土漫画可以取代日本吗？"

"香港漫画老是一个样子——都是单行本，都会上色，非常写实，仔细描绘人物，几乎都是武侠故事，即使是科幻漫画仍然有武侠成分。我不喜欢武侠漫画。至于台湾本土漫画，好像才开始向日本人学习，你认为会好到哪里去？"

我哑口无言，儿子不但侃侃而谈，还会"反攻"。那天他的言论震撼了我的身心。尤其他说话时，抬着头，信心浮现在隐隐的微笑里。

我兴奋地把碗盘送回厨房，差点儿撞上墙。

芝麻开门

才不过四天前，我一再想，没有经过任何争执，明明是一对母子，精神上却各自在两个遥远的星球，为什么我找不到任何交通工具可以抵达儿子的心灵？

我知道他的人格扭曲、他的心灵压抑、他自卑又自贱，他每天挂着一张如僵尸般的面孔，我几乎不敢正眼看他：这不可能是我的骨肉！

我永远忘不了那一天，他侃侃而谈漫画，应该是他出生以来跟我讲话最多的一次。

就从这里开始。我每天都偷偷读他正在看的漫画，再假装随意问一点问题，然后对谈。当他滔滔不绝再提到其他漫画，往往让我难以接招，因为他最热衷的是我既不熟悉又没兴趣的科幻题材，他说话的声音既低又沉，实在非常枯燥，得忍着哈欠恭听。为了表示真的听进去了，还得适时发表意见，实在有点辛苦。但是，儿子肯说话且热情地说话，使我兴奋莫名。

每天的午餐、晚餐之后，只要他开口讲话，我就丢着碗盘不洗，听他聊。

7月24日晚上，是他第一次愿意听我说话。在过去许多失败的教训里，我知道他不喜欢婆婆妈妈的琐碎杂事，他喜欢知性的知识。我就从徐志摩谈起，看他愿意听，顺口接着谈朱湘，然后是巴金。谈得正高兴，来了一通电话，挂上后他问："香港打来的？"

我真高兴，他开始关心我的事。立刻回答："是菲律宾的朋友。"也因这通电话，使我们的宵夜迟了10分钟，我决定要息交绝游，好好跟儿子相处。

第二天早上，我电话中告诉别人中午要出去一下。挂上电话，他问："你要去哪里？"

"送你去牙医那儿啊！"

有一天，我说："不论考试结果满意不满意，咱们全都放下。今天晚上，到你喜欢的日本料理店庆祝'考季结束'如何？"

我们开心地出发，路上我说："成绩不好没关系，以后你就会知道：分数绝对不是人生最重要的事。"

那家日本料理很贵，儿子却吃了很多，花了我不少银子。回到家，他还继续跟我聊天，聊到11:00。躺在床上他仍在讲话，聊到12:00才入睡。

我们一起看回放电影《萤火虫之墓》，儿子说："萤火虫的颜色是黄色，象征战火，一直围绕在兄妹四周；萤火虫同时也象征兄妹间的温情。"我没有想到这些，就静听他的意见。

那天晚上，老史到我这儿拿书，很严肃地偷偷跟我说："小澍在打色情电玩，你不要一味溺爱孩子，他的身心健全更加重要。"把我教训了一顿。他离开后，我笑着跟儿子说："史叔叔认为你玩的《天使帝国》是色情电玩，会伤害你的身心。我跟史叔叔说：'《天使帝国》里所有角色都是女性，能够色情的部分只是酥胸微露，这样就会败坏一个中学生的身心，那么这个男生也太逊了吧！我信任儿子的品格。'"

我和他下了一个结论："我们要无所不知，但有所不为。"他微笑，无语。

第二天早上我醒来，赖在床上，忽见儿子爬起来，我欢呼道："哟，你今天比我还早起！"他说："我是起来尿尿。"果然一上完厕所他立刻倒头再睡，直到中午才被我叫起来吃饭。

晚上送他上床，我又挤上他的床和他平躺着再聊一会儿。我享受他打开心门后的甜蜜。我几乎是用喊的说："小澍，如果你没有功课压力、我没有工作压力，咱俩一起过日子，可真是赛神仙呢！"

休 闲

　　小时候，我是个标准的野丫头，孩子耍的玩意儿样样都会。每天放学到家，丢下书包，就冲出去跟同学混在一起。几乎玩没多久就被母亲拉长喉咙给唤回家；不是叫我挑水、烧火做家事，就是把弟弟或妹妹绑在我背上。即使这样，我仍然可以背着娃娃跟同学捉迷藏、跳房子、追红蜻蜓，甚至到河边抓泥鳅。记得在中山国小时，每堂下课时间，我必然冲到操场跟同学玩躲避球，直到上课铃响到尽头，才飞奔回教室。

　　高中时，校园的游泳池永远不放水，操场好像只用来升旗，体育课经常被借去补升学要考的课程。像我这么任性的野人，竟然在当时的升学考——小学就得考初中——的机制中被"规格"

化，成为纹风不动的"淑女"。

不知何时开始，我成为一株三点式移动的植物，每天从书桌到讲桌、餐桌，日复一日，失去了户外活动，而后也遗忘了什么是休闲。

曾经因眼睛在计算机前过于干涩，查资料知道打桌球可以纾解眼睛，于是上网征求一位付费教练陪我打桌球。明明只是为了调节眼球，来了一位念体育大学的桌球国手，遇上我这只习惯用心上课的书蠹虫，他就使出教练本色，像训练选手般设计进度、严格教学、检讨进退。玩桌球竟然成为我另一件要努力的事情，变成压力，最后只好收兵。

原来，我失去休闲的能力了。

儿子升学考结束后，新学年还没开始，这是一段难得的日子，我放下手边工作，把所有时间用于母子相处。

儿子遗忘考试，母亲放下工作，就只是家常生活。

日常生活原来如此平淡，可以说是单调。两人每天睡到自然醒，母亲如果起得早，就去买菜，准备一天的食粮；如果起得晚，就先预备午餐。

真正的一日活动，开始于午餐间的聊天，下午三点左右，儿子或看书、看漫画，或打电玩。我做瑜伽，准备晚餐。晚上一起行动，或聊天、看电影、打球，或去七号公园跑步。

周六下午，儿子和同学到和平高中上他喜欢的计算机课。之后，与同学一起晚餐。

有一天，接连发生两次强烈地震，第一次在我洗澡时，约晚上10:00。儿子在外面急叫，我迅速披衣出来，陪他蹲在墙角。这是我有生以来见过的最大的地震，餐厅墙壁打横断裂一个长条。睡下后又有余震，儿子光着脚丫跑过来扑在我身上，乃知他还是个孩子。

　　他仍然是个孩子，以他的方式撒娇。有一天晚上为他煮宵夜，他正被书吸引着没动，我就回房看书。等他要吃了，跑到我身边"嗯嗯"两声，我立刻知道，放下书，陪他去餐桌，共享我们的亲子时间。

　　那个暑假，桌上打开的书，时常停留在原页。是啊，这段日子，儿子遗忘考试，母亲放下工作，只是平淡无奇的生活。你会知道：浓稠甘辛非真味，真味只是淡；神奇卓异非至人，至人只是常。

　　我懂得如何休闲了。

他不适应

　　考试结果出炉，儿子只能到淡水附近一所私立五专就读。学校寄来的简介印刷精美、内容丰富，他并无反感。之后顺利注册、入学、住校。

　　他从来没有团体生活经验，8月23日是他住校第二日，打电话，他说像当兵，每天要跑1200百米，我心底偷偷叫好，他需要运动。

　　星期六放学，儿子直奔新生南路，6:00就到家了。进门之后快步走进自己房间，关上房门。

　　我端着水果开门，他趴在书桌上，埋首在两臂间。情况似乎不妙，千万个问题想问，却不知如何开口，我拍拍他的肩膀。

他没抬头，低声说："学校很差，都是图片骗了我们。"

"那些彩色图片可能是校舍刚盖好时拍的照片。"我说，"不过，你不能用建筑物的新旧来判断一所学校的好坏。"

"建筑物是目前校内最好的部分。"他叹气，"完全不像学校，早上要早起、集合、点名、唱国歌，晚上睡前再重复一次，像军队。但又没有军队的纪律，学长可以随便打学弟，好像流氓。"

不必细述，我也能想象从师大附中的生态走出来，必然难以适应这种环境。

"妈妈"，晚上他跟我说，"你可不可以搬到淡水去住？"

"为什么？"

"那样我就可以不住宿舍。"

"你从没住过宿舍，可能只是暂时不习惯。"

"1间寝室住6个人，只有1个电插座，延长线可以连接出无限个插头，煮咖啡、泡面、吃火锅……好像地下工厂。"他说，"我每天晚上都无法睡觉，别人都在抽烟、打牌、聊天……半夜才是学长的休闲时间。"

"那你怎么睡？"

"我每天都戴着耳机，用更吵的音乐来盖过他们。"

"其他同学也不喜欢住宿吗？"

"我不知道，但是可以看到的是，全班没有一个人想读书。只想躲着教官抽烟、赌博、嚼槟榔、打架。"

"那你在干什么？"

"发呆，梦想海水倒灌或者 10 级大地震降临。"

"好一个幻想家！"我轻松地回应，心底却忧心忡忡。

打电话到学校。果然，除非父母户籍设在淡水，否则一律得住校。

8 月 30 日下午，四妹开车载我去学校，顺便看搬家的可能性。学校四周是一片荒烟蔓草，海风嗖嗖，冻得人发抖，难怪校方要学生订购雪衣。我们找到男生宿舍，不晓得儿子住几号房，请工读生替我们广播。宿舍嘈杂，广播器声音太小，我们焦虑地等待。

当四妹提议上楼去找时，儿子突然奔到我面前，眼眶里尽是泪水。这是他自幼年以来第一次落泪。冷风冽冽，切割着我的心，我只能勉力安慰："忍耐一下，妈妈一定为你解决。"

那天，眼睁睁望着儿子走回他不情愿居住的地方。回到台北，立刻给儿子写信，安慰他，鼓励他。我知道效果不大且他也不会回信。从此以后，每星期一我都寄出一封限时信，估计星期三他可以收到，也许稍稍可以提升士气，转眼星期六他就可以回家。

那学校四周极少住户，买菜要开车到市区，我既不会开车也不会骑机车。搬家几乎不可能。

有一次星期五台风来袭，晚上 8:00 儿子全身湿透冲进家门："学校怕海水倒灌，要我们全部学生都搬离宿舍快回家。"

那天晚上，儿子守候在电视机前，等待星期六停课的消息，直到半夜 1:00，没有公布任何信息，只好快快上床。

其实我知道，既然是台风天，星期六只上四节课，即使不去上课，学校也不会怎样。但他又是守规矩的人，我仍然叫了一部出租车，送他上学。临走时他在电梯口问我："下周有没有放假？"我赶回家看日历回说："没有。"他立刻又问："那下下周呢？"

　　那年台海局势正紧张，大家都担心飞弹来袭，我却听到儿子在电话中跟同学说："希望飞弹快快降临淡水，我们就不必上学了。"

　　学校也许并不差，但我确定它不适合儿子。

五专半年

　　在一个个考区轮番陪考的过程中，明显可以看出学生的态度。最早的公立高中联考，考场如战场，考前五分钟，学生还死抱着书啃，考场一片肃穆。越到后来，学生的态度越轻松，抽烟、聊天、提早交卷。显然他们不在乎考试，不在乎念哪个学校。

　　儿子成绩不好，就这样被刷进了后段学校。他不适应，因为他的品质是在附中养成的。以前，为了让他能读师大附中中部，在他幼儿时，我就把户籍迁到了大姐家。同时，我知道师大教职员子女也有保障名额，我怕万一有意外，所以做了双重保障。

附中的孩子不怎么重视成绩，但没想到儿子的成绩远远落在附中之后。显然，好学校儿子考不上，其他学校儿子无法适应。

"你愿意出国读书吗？"我问他。

"愿意。"

我知道，这回答，只因走投无路。

"出国读书，要等明年，我立刻打听如何出国。但你答应我——这学期，你就当做在学校玩，成绩好坏无所谓，你尽管轻松过日子。"

"好。"

他真的肯留在学校。叫他玩，他却不是放得开的人。我从不主动问他课业，只见他周末都背着一大堆书回来做功课。

有一天，他告诉我："上周我拼命学数学，就搞懂很多了。"又说，"我们的文化史课本编得很烂，叫我如何读来准备考试？"

叫他把课本带回来借我看看，竟然真如他所批评的。我非常肯定他的评鉴能力，这比他考一百分还让我开心。

我对他的课业有了兴趣，知道老师把地理考题先发给大家，我和他一起准备答案，11月11日，我问："地理分数如何？"他说："只有45分。"天哪！这是我们几乎花了一整天时间合作的杰作呢！我竟然害了儿子。

"不要难过，我的英文也考得不好，但有及格。"

那天晚上，我们不再为分数难过，两人聊天，谈到《西游记》的二心竞斗，我说："比方说小澍生妈妈的气，离家出走……"他立刻打断我："绝不可能。"

第二天，他买了1套17册的漫画，花了1000元台币。我说："是为了庆祝考试成绩不好吗？"他说："是打折啦，这样很便宜呢！"

当晚，两人都很晚才睡，第二天早上醒来，电话录音机有汪师母留话。原来老师在金山南路邮局有挂号包裹。这不近不远的距离，只有我有脚踏车，最方便，要我去取。我立刻过去。回来跟儿子说，他大笑。

就读五专的日子变得轻松多了，母子怡怡，咱们那一成不变的新生南路老旧公寓，竟成为我们的桃花源。

休学好读书

　　五专休学后，约有五个月时间，儿子势必得恶补。他对补习并不陌生，国小就参加过英语班、计算机班、绘画班……国中时，他父亲把他所有课后时间都安排了一对一的专人补习，从下午6:30到晚上9:30，由一位女性家教补习。星期六、日则是全天：上午、下午、晚上各安排一位家教。我没有管辖权，只被通知一个月提供25000元补习费。

　　从儿子联考的"成果"，应该知道他已罹患"厌补症"。现在，又要他接受补习，不能不用点心机。

　　我说："9月初你就要入读多伦多高中一年级，全部要用英语上课，你觉得要不要先加强一点儿英语会话？”儿子很为难，答不出来。

"张阿姨在师大国语中心教书，请她找一位最和蔼可亲的外国人来陪你聊天，只是随便聊天，没有任何压力，你觉得呢？”他勉强同意了。

没想到这两人一拍即合，盖两人都是《星舰奇航记》（Star Trek）迷，谈起共同看过的部分，两人都很亢奋。更重要的是，台湾电视台常把这部影集用来垫档，经常时断时续，影迷叫苦不迭。这位外国老师可以补充儿子没机会看到的部分。

每次，送水果进房间时，总是看见两人谈得眉飞色舞。儿子后来跟这位家教成为了好朋友，到多伦多后还保持联络。我心中暗暗高兴，这是一个好的开始。

外国人一周只来两次，聊天而已。

"一对一讲话，谈话内容经常围绕在同一个范围内。何况，你只熟悉他一个人的表达方式，这样好像不够耶，”我哄他，“你要不要参加团体班英语会话，跟其他人讲英语？一定很好玩！”我知道他不喜欢这种补习班的上课方式，但他答应试试，我立刻把他送进一周两次的科见美语。

儿子在学科上没有任何专长，只喜欢打电玩，也就是说，他对计算机稍有认知，也有兴趣。我说："你要不要增加更多的计算机知识？那样你一定可以玩更多游戏。而且计算机抛锚时，你自己就会修理。"他很快答应了。就这样，我又请了一位大学信息系讲师到家为儿子补习实用计算机知识。

在台北信息展览中，儿子看上了 3D 动画，这次是他主动想补习，就参加了大亚计算机的课程。

记得是四月六日，早上他去科见上课，下午补昨天未上的两小时计算机家教，晚上再赶六至九点的大亚计算机。那天晚上，儿子躺在床上说："好累！"全部听进去了，才会觉得累，他已经完全接受这些课程。

儿子自从上了大亚 3D 课程后，觉得讲师的计算机知识已经没有必要，价钱又是教授的钟点费，这是唯一提前结束的补习。

5 个月塞满补习的休学时光，却是儿子有生以来最用功的时期。

移民去留学

出国读书？其实，我跟儿子对"留学"都毫无概念。他只是走投无路，想逃到外面。我呢，只是答应了他，就得全力以赴。

以我书呆子的习性，就当成一个题目来"研究"，先搜集信息、打听留学管道、咨询各方朋友。

过去我出国的机会都在东南亚，儿子如果放在这里，有熟人可以就近帮忙照顾，我也可以每周搭机去探望。评估结果，只有新加坡比较适合，这里高中毕业，可以直接申请北美的大学。我也曾在新加坡遇到从台湾过去的中学生，他们并不喜欢新加坡，理由是生活太单调。我放弃新加坡的原因是结算出来的费用过高，我负荷不起。

芝蓉成为我最重要的救命索，她说：申办加拿大移民，不但可以学费全免，还可以领牛奶金，如果移民成功，不论学生在台湾成绩多差，加拿大学校一定会收留。

必然是上帝帮了忙，或者那时申请移民很容易，不到两个月我就通过了作家移民，中间还免去面谈的门槛儿。事情进行得如此顺利，我想，冥冥之中命运指引着我们走上这条路。

在出国前一个月，儿子的叔叔亲自登门，转述他父亲的宣示："只要孩子离开台湾一步，我就不付一分钟、不付一毛钱。"之前，当儿子想出国时，我已通过各种管道包括这位叔叔向他"请示"出国读书的可能与意见，均未得到任何响应，直到我们看好学校、订了机票，他才丢来这句话。我没有回应的机会，只能勇往直前。

为了应对逼迫而来的经济问题，我决定放弃寿险、腾空38平方米的房子整户出租。这得先消灭46个书架及书，还有，请求兄弟、姐妹、亲戚朋友到家里，所有家具想拿什么就拿什么，全部搬光。

为此，出国前我先搬到母亲家把房子让出来给房客住，一周后再飞往多伦多。手上正执行的抗战文学计划案虽然申请延后半年交件，但出国前我得把台湾的工作先结清，出国前两星期一直在拼命赶工中。

这是移民吗？在出发的前一夜我还在赶抗战案，半夜2:00才开始打包行李。清晨5:00，佝偻的爸妈亲自送我们下楼，母亲跟儿子说:"小澍,以后你就要跟妈妈相依为命了。"她说话的神情,不像是生离而是死别。对母亲来说,加拿大冰天雪地,跟到北极差不多。

我没有伤别的精力,在这么短的时间内,把台北的家完全"消失"掉,马上要在陌生的多伦多重建一个家。我的命运正高速运转,现在只是开始,连喘气的时间都没有。

既然做了过河的卒子,只能前行。

苏文牧犬

　　"请你来温暖热情的马来亚你不肯，竟然去那人生地不熟的多伦多。"老K说，"那边冬天有四个月雪季，我查资料，是零下二十度，请打开你家冰箱的冰库，如果把你丢进去，想想，你受得了吗？"

　　"多伦多的人都活得好好的，你自己没经验，别吓人。我早有心理准备要在寒带过冬。"我说，"苏武根本没有想到会被匈奴扣留，在冰天雪地牧羊19年。比起来，我是有备而来，幸运多了。"

　　"原来你跟苏武是一挂的？"

　　"岂止，我是苏武的姐姐，我叫苏文。先有文，才有武。我当然是老姐。"

"那你去北海干啥？"

"牧我的小犬啊！"

两个月后。

"老K，多伦多6月的气温比马来亚的云顶还凉爽宜人。可是，我竟然比苏武凄惨。苏武在北海除了牧羊，什么都不必做。我在多伦多，除了要牧犬，其他什么都得做又什么都不会做：我不会说英语、不会开车、不认得路、不懂西方文化，文盲加上物盲，走在路上，只是一个移动的垃圾。"

"你不是说有位朋友介绍你去那里吗？"

"她人在台南教学，八月才能来。在这里，我没有亲人、没有朋友……却要建造一个温暖的家，让小犬身心舒泰才能全力应付功课，呜……哇……"

"嘿，你不是说你是成家高手吗？"

"别拿我的玩笑话来堵我。来到这么陌生的地方，我个人生存能力都有问题，还要让儿子有安全感，对我而言压力实在太大。你该安慰我、鼓励我才是啊！"

"你中学上过英语课，只要勇敢地说出第一句'hello'，紧接着以前读过的单词就会慢慢滚出来。我去英国读书时，不论说还是写，英文都会慢慢自动回转来。"

"偏偏我的中学英语不肯滚出来。我以为东方人对东方人应该比较和善，我住处对面有两家韩国超商，没想到对方一看出我是新移民，在结账时就欺负我。我既不会说韩国话，又说不出英语。在这里，我既聋又哑，根本是残障。"

"心理不残障就好啦！"

"我好想台湾！前天跟小犬说，我并没有做长久居留的准备，如果他无法适应这里的环境，我们就回台湾，反正那边只是休学。没想到他说：'回台湾读书是绝不可能。'看来我只能死心塌地地适应这里。"

"他一去就完全适应了？毕竟小孩的适应能力比大人强。"

"他的考验还没开始，学校还没开学。目前只在补习班上课，看他回家时的表情及谈话内容，就知道他日子一天比一天好过。记得他第一次补习回来，就只会叹气，什么事都做不了。"

"孩子适应得就是快。你其实也是个长不大的孩子，很快就会适应啦！"

"哼，叫你安慰鼓励，却尽说些风凉话。你不知道，消失一个家很容易，在异域白手重建一个家，怎一个'累'字了得！我更知道，一切都得靠苏文自己。我的弟弟苏武既然可以无依无靠牧羊北海19年，我就不信做老姐的牧犬撑不了两年！"

补　习

只要有华人的地方，就有补习，6月我们到达多伦多，很快就找到台湾人开的补习班。老板为儿子先做英文测试，结果出炉——英文只有小学一年级程度。可是，9月4日他就得进读高一。

"非补不可，"老板下结论，"一周至少得补4次，每次90分钟2节课。"

显然，台湾五个月的恶补效果不够，面对非补不可的境遇，儿子非常犹疑，毕竟这地方太陌生啊！连我心底都感到无限荒凉，但在儿子面前，我装得很轻松地说："这不是学校，只是补习班，我们先按照老板的安排上课看看，如果觉得辛苦，就减少一些课程，甚至停补也可以。"

儿子无路可走，勉强答应一试，所有课程都是一对一教学，除了老板本人教授英文文法，其他英文、自然、历史都是多伦多大学的博士生教授，学费恰好跟我在师大的教授钟点费一样。

过了一星期，儿子没有叫苦，看来课业不重。我有点贪心，想再加上一周五天的团体会话班，跟补习班老板商量，没想到他说："Chester的会话不必急，你如果希望他更用功，我们增加一些作业就可以了。"

过几天，儿子果然叫道："补习班的功课怎么越来越多？"我看他可以承受，也就没吭声。

我一直担心儿子用在读书的时间比打电玩的时间少，有一次他从晚上7:00做功课，直到深夜3:00才结束。我送他上床时，他说："我自己都没有想到坐了这么久，裤子都坐湿了。"我们的房子是有空调的，他竟比我还坐得住。往后，他在家醒着的时间几乎都坐在书桌前。

我们虽然在6月拼命赶早来多伦多报到，还是来不及注册，开学时儿子没有选修到他比较有实力的计算机课程，很失望，虽然明年暑假还可以选修，但目前如果有一门比较有信心的学科，对他来说是多么重要。

终于到了9月4日开学日，送他上学之后，我就在家眼巴巴地等着。终于等到放学时间，儿子一推门整个人扑通跌在地上，我吓得赶紧上前搀扶。他沮丧地说："一句都听不懂！"

天哪！我心里叫苦。表面却不能不安慰他："没关系，咱们只是来试试这个新环境，如果它不适合你，还可以回台湾复学。"

这句话似乎让他更加焦虑："我死也不回去！"仍然瘫在地毯上。

学校不替学生蒸便当，我学外国人给他做三明治。第一天，他原封不动地带了回来。第二天他告诉我说不用带，事实上他在学校也没吃午餐。我说："这样不行啊，书可以念不好，健康不能没有！"

第三天中午他喝了一杯牛奶。"有进步吧？"他说，"你不用担心我的午餐，我一定会吃东西啦！"

这时，接到妹妹的信，说："小澍的英语马上就呱呱叫啦！"我不敢转告儿子，心底暗暗地想：其实是唉唉叫呢！

儿子催我打电话问补习班老板到底该怎么办。没想到对方轻松地跟我说："郑妈妈，不用急，小孩子两星期就适应啦！"我立刻转告儿子。

他更焦急："那怎么可能？星期三开学，星期五就过完第一个星期，再上五天课就会适应？怎么可能！"

两星期后，问他，已经不紧张了："现在至少知道老师上课在干什么。"

心头的大石终于落了地。

* * *

儿子每星期二、三、四、六去补习。两星期后，他说前两天课业比较重，星期六的文法及会话对他来说已算轻松。所以星期四下课后像放大假般，一回家先上网玩个够。

　　补习老师给的功课花样很多，除了一般的记诵，有时要作文或者缩写文章，且分量越来越多。某天星期二的功课除了要作96个造句，还要作文及缩写文章等。下午5:00下课时，他冲到家就奔向计算机，边开机边说："今天功课很多，先休息一下。"

　　饭后，开始做功课，开学前，每晚都3:00以后才上床，第二天中午12:00才叫得起来吃午饭。

　　渐渐的，我发现他的功课又行有余力，就偷偷打电话请补习老板加重课业。果然，他当天回来叹气说："今天功课好多！"

　　开学后第一次期中考成绩，补习老板相当满意，唯有英文54分（全班平均59分）让他难以接受。他打电话跟我说儿子的程度应该在65分到70分之间，平常学校小考的卷子他都注意看了，怎么会有这种分数。老板说下星期有家长会，他要我跟他一起去约见英文老师，想知道小澍的英文到底哪里不好。

　　后来是补习班老板娘带我去见儿子的英文老师，她连珠炮般地问了很多问题，我听老师说儿子第一次考试只拿到10分，最近考试都不错，他的文法很好，最近考85分，说着说着，老师越说越多儿子的好话，看起来竟像是老板娘逼出来的。老板娘当场转头用中文跟我说："老师一直说不出Chester哪里差，只说他好，可见她把分数算错了。"

回家后把经过说给儿子听，我们并不那么在乎分数，都开心地笑起来。

补习进行得顺利，反而让我有精神去感觉经济的压力。房租及补习费成为我沉重的经济负担。每月看着存款簿有出无进，且即将入不敷出，叫我怎能不焦急？

想想，房子早已订约承租一年，唯一的机会是停止补习。我希望十二月到期的文法及成语可以停补，其他课都再上一期也停掉。

我问他补课情形，多半是老师出题目让他作文，有时给他一篇文章或一首诗，要他写读后感，然后为他批改、讲解、讨论。

我认为这很容易，我在马来亚的朋友留学英国，把作文寄给他批改就是。联络之后，才知他调职到偏远乡村，没有传真机而作罢。不过，他仍然主动写信给儿子，希望通信可以增进英文能力，可惜往返邮件实在太慢。更重要的是，不擅长交友的儿子根本不回他信。

儿子目前有几位同学，时常约他下课后一起打球，我非常希望他也有社交生活，如果下课不补习，就可以跟同学一起打球。

"你可以不必再补习了。"我像宣布囚犯大赦一般高兴地说。

"有些课可以慢一点儿停吗？"我真意外，一向不肯补习的人，竟然要继续补习。

"哪些课可以停？"

"文法最简单，可以停掉。"

"为什么简单？"

"那只要看一看，背起来就可以了。"

所谓的"有些"原来是另外三门课，他全部想继续补。

来到多伦多这一阵子，花钱如流水，我已经穷到不知道自己有多穷了。这时竟迫切地希望儿子能够配合停补，"其他功课，你都跟不上学校的课业吗？"

"自然课如果不补我觉得会跟不上学校的课业。"他完全不知道我心中的想法，"另外两门都是补课外的英文，一位主要教作文，一位教阅读。老师有时会出题目叫我作文，上次跟你讨论'青少年跟成年人的不同''对加拿大扩大禁烟的看法'就是他出的题目啦！"

我记起来了，这位老师的点子每次都不一样，有一次要他买一份英文报纸，找一篇文章写摘要及读后感。有时给他一篇文章，多半是一篇短篇小说，偶尔是一首诗，叫他自己读，上课时老师提问，他回答。他居然喜欢这种方式。"这个考验比较大，我必须立刻思考立刻回答。"这位人类学博士生老师给的文章都是直接从书上撕下来的，用完也不回收。

儿子立刻取来最近的一篇，是7页的小说，他昨天晚上看完，有111个不会的单词，他把这些单词都查了字典并写在另外一张纸上，今天上课就要讨论此文。

他把故事大纲讲给我听，然后告诉我老师主要谈故事内容，大约想知道儿子是否看懂内容及文章的基本特色，没有涉及小说的内在意义。我提出这篇小说的几个可能含义，儿子很喜欢谈这些议题。

我曾经斩钉截铁地跟四妹说"该月23号到期就要把补习停掉"的话，只好收回来。妹妹回信说："台湾小孩哪个不补习？你还是让小澍补吧！"

"我想停补，实在是因为我们是穷人，想节省。"我说，"不过，如果你认为对你真的有用，就继续补吧！反正已经是穷人，再花钱还是穷人，差不多啦！"

儿子开心地笑了。

我承认金钱固然重要，但有更多金钱买不到的东西。儿子有认真之心，我怎能不支持？

直到第二年暑假，儿子主动叫停，整整补了一年，他得到的是信心。

比尔·盖茨的引力

比尔·盖茨是影响当代社会最重要的人物之一，他改变人类的思维、创造、工作，乃至生活、阅读与娱乐等方式。电子网络解构了人类过去的世界；今天，坐在一台电脑前，就可以活生生地观看整个世界。

比尔·盖茨对全球的影响不论有多大，对我16岁的儿子来说，只知道他是世界首富。当年，他只带着盖茨的著作《拥抱未来》(*The Road Ahead*) 离开台湾。

那时候，哪里有可预见的未来让儿子拥抱呢？即使是我，眼前也是一片空白。我唯一的骨肉，在老式父权的管教下、在台式联考的折腾下，已经身心俱残。他要我带他远走高飞，不是观光、不是留学、不是镀金，只是逃离。

他和台湾许多小孩一样，从小喜欢漫画、动画、电玩。为了这些嗜好，时常得对付当机的计算机，自然会热衷计算机常识，也在这些信息中，发现了比尔·盖茨在信息业里神奇的王国。在他模糊的概念里，比尔·盖茨必然是最成功的人物。

我也抽空阅读了《拥抱未来》并向儿子做读后报告："比尔·盖茨简直是一位预言家，他多年前提出的看法，后来都在世界兑现了。他也是一位很有创意的经营者，在商场上无往不利，成为世界首富。"

儿子说："弄计算机居然成为首富，原来喜欢计算机也可以赚大钱……这个点子不错。"

"赚大钱就是人生的最大目标吗？"我问。他哪来的这种价值观？

"至少大家都这么认为。"儿子说。

我不以为然，一时却找不到反驳的话，想想自己：既不曾赚过大钱，也没有成就什么事业，有什么资格批评呢？

1998年，比尔·盖茨捐出150万美元给国际艾滋病疫苗研究机构。第二年，盖茨以170亿美元启动他自己的基金会。2000年在西雅图举行的数位落差会议，盖茨在会议里大声疾呼："要解决第三世界国家的贫困问题要从照顾健康开始，忘掉个人计算机吧！"儿子告诉我："比尔·盖茨从计算机专家转变为慈善家了。"

我用心看儿子给我的资料，盖茨不仅是目前全世界最会捐款的慈善家，而且52岁就退休，身体力行去实践他的慈善之路。儿子说："他要再度改变世界了。"

从儿子的脸上，我知道多年前让我担心他拜金的价值观已经改变了。

史蒂芬·霍金

儿子的家教知道他喜欢《星舰奇航记》(*Star Trek*),就介绍史蒂芬·霍金(*Stephan Hawking*)的著作《时间简史》(*A Brief History of Time*)。这是一本探讨宇宙起源的书,曾经被译成四十余种语言,全球销售已超过1000万册。

儿子跑了两趟图书馆才借到,他只上了7个月的英文,必须一边读一边查字典。全书只有187页,他很想利用春假把它读完,说:"这本书,文字简单,意思艰深,可能读不完,只好先读最重要的部分。"显然他很有兴趣,春假果然没读完。

读完后,他又忙着到处搜集霍金的资料。

"你这么喜欢他?"

"现代物理的理论终极还是跟哲学结合，霍金证明了现代物理的理论比《星舰奇航记》还要奇诡迷人，凭这点就够了吧？"

他高三时，霍金应邀到多伦多访问。儿子白天必须上学，无法到多伦多大学聆听霍金演讲。只能每天放学冲回家守候在电视机前，看科学新闻，看加拿大本土制作的 Discovery 中的霍金专辑。

那一阵子，我们聊天的主题全是霍金，儿子告诉我他是一位重度残障者，执教于英国剑桥大学，他的轮椅经过校园时，身后总是跟随着一长排仰慕他的学生。"好像喷射机飞过天空留下的一道白线，迟迟不肯消失呢！""霍金是继牛顿、爱因斯坦之后，排名世界第三的物理学家。"

有一天，我在厨房洗碗，听到儿子大叫："妈妈快来！妈妈快来！"我冲进他房间，他兴高采烈地指着屏幕说："这就是霍金！"

"天哪！他长得这么丑——"我不小心用错一个字。

果然，立刻有反击："妈妈，不可以面貌取人哦！"

"我不是这个意思……"一时说不清楚。我实在不敢相信自己的眼睛，虽然早知道儿子崇拜的偶像是位残障科学家，但做梦都没想到他的肌肉萎缩症竟是如此严重！

他像一摊松垮的肉，堆挤在特制的轮椅上，他不但全身没有动弹能力，竟然也不会说话，可是他正在接受电视台访问。

访问节目中穿插播出霍金在大学的演讲实况，不仅表现出他超人的智慧与学养，还有无限的幽默与风趣！他利用计算机合成语音讲完一句话，台下立刻一片笑声，接着是热烈的鼓掌。当他再度发音，台下立刻悄然无声。台上台下配合得天衣无缝，真是让人感动欲泪！

"前面我用错字了，对不起！"节目结束后我跟儿子说，"我也崇拜他。"

还有一次，儿子急急把我拉到他房间。电视正播《星舰奇航记》，"妈，你等着看，霍金亲自客串一角。"

"演谁？"

"演他自己。"

屏幕上有四个人正在打扑克牌，那是霍金、牛顿、爱因斯坦及《星舰奇航记》里的角色 Data（百科）。

牛顿最先退出牌局，最后是霍金赢了，但霍金并没有收下筹码。

"这是本世纪最伟大的三位科学家的休闲聚会，它隐喻了他们三人的学术生命进程，"儿子说，"爱因斯坦解决了牛顿物理无法解决的问题，置它于相对论里的特殊情况。爱因斯坦因在量子学的贡献而得到诺贝尔奖，但他并不相信量子学。霍金研究的量子学却诠释了相对论里无法说明的'黑洞'。"

"电视上的霍金虽然赢了牌，但潇洒的他并没有收下赢得的筹码。这意味着游戏永远正在进行中，有一天，霍金自己也会被超越，所以，他认为并没有真的赢。这是他伟大、谦虚又幽默的地方。"

我很惊讶儿子的诠释，也理解他迷恋霍金的原因，不只敬佩霍金的科学成就、无比的创造力，更喜爱霍金宽大的胸襟、独特的幽默风格。

儿子说，在大学校园里总是有一群仰慕而跟随在霍金身后的学生。我想，他的著作、他的思想，无论走到世界任何角落，总有一群看不见的朝圣团跟随着他。连我这个物理盲，没有机会接触他的学养、智慧、风格，仅仅间接认识这些，就已经够敬爱他了。

* * *

霍金是当前英国剑桥大学应用数学和理论物理系的终身教授，如此光荣的职位，之前只有牛顿享有过。霍金一直被认为是"活的爱因斯坦"，因为他是继爱因斯坦之后最杰出的科学家、思想家。

霍金在1942年出生于英国牛津，21岁时，医生诊断他罹患运动神经元病，将会全身肌肉逐步萎缩，最后瘫痪，必须终身困坐轮椅。这种病患通常二至三年内就会死亡。得知病情后，霍金只经过一段短暂的失望和沮丧，就又继续他的宇宙学研究了。

我在电视上看到的霍金已经完全瘫痪、无法说话，全身只有三个手指能活动。当他的肉体逐渐枯萎时，他的学问却是日新月异的起飞，且不断得到各种奖章、荣誉博士等殊荣。

他在相对论、"大爆炸"和黑洞等领域获得了杰出的研究成果。1988年出版的宇宙学著作《时间简史》不但是一部难以超越的学术著作，竟然也是行走于全世界的畅销书籍。

他表达思想的唯一工具是一台电脑语音合成器。用仅能活动的三个手指操纵一个特制的鼠标在计算机屏幕上选择字母、单词来造句，然后通过计算机播放声音。通常写一个句子要五六分钟，所以，要完成一个小时的录音演讲，必须花费十天的时间来准备。

乐观和幽默使霍金度过了人生最困难的时期，后来他反而认为残障不但没有给他带来太多障碍，反而有助于他安静思考纯理论的问题。

令人难以想象，霍金是个活泼、幽默、外向的人，如此重度残障，他却经常乐于出国演讲，且总是得到极热烈的欢迎。

不论通过文字还是影像，我见到霍金的外形似乎永远都是这个样子：干瘪抽搐，全身完全瘫放在轮椅上，撑不起来的头颅倒向一边歪靠在椅背上，一张无法合拢的嘴在人前努力地做着微笑的样子，口水总是从右边的嘴角流到光洁的下巴上，护理人员要不停地为他擦口水。

这位24小时都需要被护理照顾的重度残障者，在1990年发生了一件震惊世界的社会新闻：霍金宣布跟他结婚30年的妻子离婚，5年后，又跟他当时的贴身护士结婚。

他的第二任妻子是前妻聘请来照顾霍金生活起居的护士。前妻对于这位护士的横刀夺爱非常不谅解。这场家务战争，对于要走进历史中的伟大科学家来说，本来无关紧要；但是，这场爱情争夺战告诉我们：人的外表实在不重要。一个人最有价值的地方是大脑。用自己的脑力创造智慧，就能散发出无穷的魅力。

他的物理梦

儿子在《星舰奇航记》里初识物理、爱上物理，后来知道里头有些地方是背离物理原理掰出来的，这使他更好奇：到底幻想和现实有多少距离？

他以为这个问题可以从《时间简史》里得到答案。那时候，"连英文都还不怎么样就去看这么深奥的书的确很困难，不过当时也只是把它当做挑战，看不懂是理所当然啦！"多年后，他自己说："其实到现在也不完全了解里面的理论，因为那本书只解释理论的内容，并没有解释如何发现这些理论。"

他非常兴奋的是：现代物理比科幻还要不可思议！

经由物理，儿子又爱上了哲学。哲学是基于逻辑，而逻辑是基于一般观察，例如：一个东西可以同时存在又不存在，在哲学里完全是荒谬的事，但现实找到的科学根据，迫使哲学必须更新。

高中时，学校替他们做了一个很仔细的性向测验，其结论之一是他适合做思考性的工作，换言之，适合走物理这一行。

申请大学时，我们的确再三考虑着物理系。

"如果国中时代就在多伦多读书，那么高中时就可以轻松应付其他课程，我现在应该有勇气选择物理系。"他说，"科学的突破很少发生，只有极少人有杰出的贡献。如果在自己最喜欢的领域什么名堂都闯不出来，就太遗憾了！"

物理一直是冷门科系，许多得到诺贝尔物理奖的科学家，在求学时代都曾经考虑毕业后难以找到职业而想放弃物理。瑞士科学家缪勒是因美国在日本成功投下原子弹而就读理论物理的，后来才知道物理毕业很难就业，打算转读电机工程，后来被科学家泡利劝阻，才继续攻读物理，但他为了不要毕业就失业，特意念了八年博士。那时，他自己必然没想到会在1987年获得诺贝尔物理奖。

在多伦多，儿子打听到大多数物理系毕业生都转任其他工作，经过再三考虑，最后放弃了他的物理梦，选择电机系。

儿子始终对物理充满兴趣，目前只做一个欣赏者，"可惜物理界发展太慢，不是每个月都有新的东西可以让一般人共享。"

他喜欢什么

　　我们生存的环境一直用成绩来定义孩子的好坏高低，儿子国中时各科成绩都不好，而且每况愈下。在国中部担任行政的小妹打电话给他父亲说："小澍成绩很差哦，怎么办？"得到的回答是："我早已放弃他了。"所以，很难考证出儿子是何时被归入放牛班的，他似乎很快接收信息自动成为自暴自弃的"弃儿"。等他回到我这里要升学考试时，脸上的肌肉已经完全挤不出笑容。

　　考季结束后，儿子没有离开的意思，母子总得有一些活动吧！

　　"哇哈！考试终于结束啦！"我打起精神，高声对他喊着，"咱们别再理会考试跟升学那劳什子，你想玩什么就玩什么！如果你想独自玩，你就自己去；你若想我陪，别忘了，老妈24小时随时应召哦！"

有一天，他出"招"了："世贸正在举办信息大展，你可以陪我去逛吗？"

当然，这工作对我来说太简单了，计算机文盲紧紧跟在他后头走就可以了。趁这机会，从后头仔细瞧着陌生的骨肉。第一次看着他闲闲地逛、慢慢地走，显然没带任何目的来。最后，他停在一个3D著作程序的软件面前，静静地瞧、定定地看。我面对他专注的眼神、怡然的脸庞，那是和之前低头冷眼、闭嘴不语完全不同的气色。

好久好久，他回头跟我说："那个东西不是用手画的，竟然能做得这么漂亮，真棒！"

回家后，他到处翻阅报纸广告，终于在重庆南路找到教授3D动画的公司。我们报名学3D Studio Max。学生不多，但都是成年人，显出他的年纪最小。原先没有什么程度，很担心他跟不上会对自己失望。

第二次上课回来，我忍不住问了。

"老师上得好快，幸好我有兴趣，也听得懂。"我偷偷翻阅他的笔记，密密麻麻记了很多我看不懂的东西。

我大为放心。他总算在茫茫学海中找到一个有兴趣的点，让他有方向可以努力。

有一种原价20万元（台币）的3D绘图磁盘，学员都买不起，只能买部分使用的教育版，当时我已经把3万元（台币）给了儿子，老师知道他不久要去加拿大，就说教育版将来不能更新，叫他暂时别买。

移居多伦多后，他仍然着迷3D绘图，要小舅替他划拨邮寄磁盘。一收到磁盘，立刻跑去书局买两个月前他看上的《Inside 3D Studio Max》，当时没有磁盘不敢买，没想到多伦多书籍好贵，他身上的钱不够。跑回来拿钱，再冲过去，周末书局竟提早关门了，使得他痴痴地又等了两天。

我第一次见他做事如此积极。

隔一周，他又去买另一本又厚又贵的《3D Studio Max Material and F/X》。接下来连放两周圣诞假期，他天天足不离桌，都在搞这玩意儿。

有一次跟朋友的儿子聊天，他说全世界最好的三个计算机绘图公司都在加拿大，且加拿大又有一个最好的相关研究所，电影《侏罗纪公园》中的计算机绘图就是请该校师生做的。结论是：要学计算机绘图，到多伦多是走对了。我们母子听了当然万分开心。

两年后，儿子放弃了3D绘图。后来相继出现很多新的软件，制作程序也不断改变，他只注意行情，不再抓狂似的苦苦跟随。

聊天时我跟他说："小时候完全没有绘画训练，蒙着头自学还是很难。"他说："更重要的是，我的兴趣转到物理，也就停下来了。高一才到这里，要学的东西实在太多了。"

"每个人都在摸索过程中寻找最适合自己性向的工作。"我说，"3D绘图就是你寻找兴趣与自我学习的好机会，过程本身就很值得。也许你会永远放弃，也许将来你会回头拿它当休闲来玩，都非常好。你没有浪费时间与精力。"

成　绩

　　儿子就读全台教学最正规的师大附中国中部，惭愧的是三年成绩都不太"正常"，这纯粹是个人问题。

　　这三年凡是主要学科都极差，国文是3个C、3个D，英语是1个C、5个D，数学是2个C、4个D，生物是2个C，理化是4个D，而且一年比一年差。

　　虽然在台湾恶补了5个月，到了多伦多，才知他有点程度的仅有3D动画，他和芝蓉专攻计算机机械绘图的儿子很谈得来。可惜儿子刚来时没选修到计算机课。可以说，在多伦多一开学，他一无所长，每一科都从零开始。

　　我很担心他跟不上课业而过分气馁，打听出这里每科只要

50分就及格，赶快把这个好消息告诉他，得到的回答是："这是义务教育的最低要求，我们总不要做低等公民吧！"我一时语塞。

高一首次发下的成绩单，上面除了有个人每科分数，还有全班平均分数可以对照。儿子的艺术、历史、工艺、打字等都高出全班平均值4到9分，数学92分，全班平均66分。自然68分，低于平均分3分，那儿的自然对移民学生来说很难，太多专有名词要背，补习老师说这个分数已经很好。

学期末的成绩，除了体育退步，其他都不错，自然已经有85分。这一年下来，他似乎准备攻读理科。"但是，"他说，"目前唯一的问题是英文不够好。"

在这个大量收纳移民的国家，凡是英语非母语的学生，英文课都会依不同程度分配在ESL（English as second language）班上课。他最初被分在ESL第三级。第一次月考英文得54分（全班平均59分），第二次月考75分（全班平均60分），第三次月考83分（全班平均58分）。接着利用暑假修读Summer school的ESL第四级，结业时92分。开学后升入英文Transition班，次年入读英文正常班，最后一年读申请大学必修的OAC（Ontario Academic Credit）英文课程。

学校成绩单都附有教师评语，有一次英文科的评语是：

"Excellent participation in class, asks intelligent helpful questions."

我几乎不敢相信这些言词真的属于我儿子，他那么内向，从来不主动跟人接触，更不主动说话……我没有告诉儿子我的怀疑，只是抱着成绩单，高兴得睡不着。

翻阅儿子国中成绩单，绝难想象在那样程度的四年后，儿子同时申请约克大学的物理系与多伦多大学电机系时，接到约克大学的电话，劝请儿子如果前往约克就读，将会提供奖学金。他最终选择多伦多大学电机系。

大二时，我们收到成绩单 Academic Status 写道：Pass with Honours。那年5月，收到一张通知说儿子得到"Ontario Student Opportunity Grant for the 2000-2001 academic year in the amount of $2625"。我想，我到多伦多的任务已经达成。

我从不期望儿子建立什么丰功伟业，只盼望他成为一名身心健康、生活幸福的正常人。儿子的生命已经朝向这个方向，真好。

他们如何教

　　多伦多的高中比台湾的大学还像大学，几乎没有班级，自然也没有班长、股长。学生自由选课，高一必修8门课，每门课因选修学生不同，所以会有8种不同的学生组合，每周上5天课。像大学一样排课，时常会有空堂，儿子有3天上午11:30才有课，下午3:45就放学。只因他下午4:00正得赶去补习，比较忙一些。

　　事后谈起来，他说："这里的高中有点像是在玩，所以有这么多五花八门的课题。到了最后一年，想读大学的人要选读5门OAC的课，用这些成绩来申请大学。在这种班级里，上课气氛就不一样了。"

这里的教育方式让我充满兴趣，几乎所有课程学生不但要事先预备，上课时也主要由学生进行。

例如历史课，一开学就要学生一个个上台作2分钟报告，题目是"如果你要告诉别人你在加拿大的情形"。学生得先在家写好文章，上台把这篇文章背诵出来。儿子来到这里已经补习2个月，时常要练习作文，所以写一篇两分钟的文章还能应付。要他上台报告，则是相当痛苦的事。他怕生、不爱讲话、英语不好、从来没有上台讲过话……总之，对他是一大考验。

我告诉他这是训练克服自己性格弱点的最好机会，何况他才来两个月，有"权利"说得不好。

摄影课，要学生先拍摄一张照片，把这张照片裁成八九块，再重新组合出另一张全新的图片。

我印象最深的是，十二年级时的科化课，老师要学生以科学为主题做游戏。有一次要学生每三人一组，必须"发明"一种从来没有人使用过的赌博工具。之后儿子经常带两位同学到家里，买了各种彩纸，剪剪贴贴，终于弄出一组可以赌博的版图玩意儿。

物理课，要学生利用环保废弃物做出一台可以行走的车子，不能使用电池。儿子开始搜集不用的宝特瓶、扣子、盖子、小木片……结果他做出来的"车子"运用橡皮筋的弹力可以"跑"一段路，算是大功告成。我极喜欢这类要学生"无中生有"的创造性功课。不过，事后儿子回忆起来，说："除了拼图片，其他的成品我都不满意。"这是他个人的看法。他上课曾经做出一座像圣母的铜像，那是我的最爱，念经时就跪在她面前，儿子笑说："那是皇后，不是圣母啦！"

这里的义务教育从小学到高中，居民学生不但不用交任何费用，每月还有"牛奶金"，从出生一直拿到高中毕业。上课用的教科书由学校借给学生，学期结束后全部要交还学校，给下届学生使用。如果学生把书弄丢了，必须赔偿书价，学校再购买新书。教科书只是暂借学生使用，所以书上不准写字，养成这个习惯，儿子连自己买的书都干干净净的。

高三时，转来一位建中资优生，他跟儿子说各科都可以适应，就是英文课的上法跟台湾完全不同，他极为头疼。

我很喜欢多伦多中学各种教学方式，回到台北后，忍不住对大学生试用，结果就像那位移民多伦多的建中资优生一样，学生集体不适应，努力到最后，只在研究所可以稍稍实践交流课程。

他山之石要如何攻玉？对我来说是一大考验。

＊　＊　＊

多伦多的英文课等于台湾的国文课。在台湾，从小学的国语到大一的国文，不论教材与教法，都注重字词的解释、修辞格的辨析、内容的译介。如此的习以为常，当你用这种方法教大一学生时，他们认为这是高四国文，他们厌烦。但你不用这种方法教时，他们纳闷、不习惯、不接受。

不论国文或者英文，都得背诵单词。对于单词，儿子的英文老师从来不要求学生背。而是，只要遇到不认识的词，就要学生抄下来，回家的作业就是把这些单词用来造句，再送给老师批改。儿子觉得这个方法对学习单词非常有效。

高一的英文课堂，老师总是先发给学生一篇小文章，记得有一篇名为 *Trapped* 的短文，我很喜欢。

通常老师给了文本，还会给几个问题，诸如：你认为它主要在说什么？作者使用什么方法来说话？这篇文章的气氛是如何营造的？

下次上课就讨论这些问题，由学生自由举手发言，互相批评，老师作总结。难怪有一次，儿子说："我们上课都在聊天。"

"什么？那怎么上课？"

"不是乱聊天，是老师和学生之间用聊天的方式进行教学和学习。"

原来这就是西方的教学方式。

刚开始，我们母子一起讨论小文章的问题，实在是很好的亲子活动。记得学校要学生读 Elie Wiesel 的长篇小说 *The Accident* 时，刚好儿子遗失了英文电子辞典，我的英文程度无法和他一起阅读，他只好半读半猜，再叙述给我听。这是一本很特殊、很沉闷的心理小说，探讨死亡问题，却恰好适合我们母子的胃口。这本小说连文字都非常特殊，有很多句子真是可圈可点。这本书让我非常遗憾自己是英文文盲，否则可以陪儿子读出很多宝藏。

儿子的英文进步可谓神速——应该说出国前程度太差——当我读他1800字的 *The Accident* 报告时，看到他因喜欢这本书，明显受到作者文字风格的影响。我同时知道，我再没有能力跟他同步阅读英文小说了。

英文课，经常出现很多有趣的题目要学生作报告，例如：找一部改拍成电影的英文小说，就电影跟小说作比较。

儿子当初选择《英伦病人》与电影《英伦情人》为题目，竟然被老师打回票。理由是："这小说的写作方式很隐晦，你还没有能力阅读。"

儿子后来改为《辛德勒的名单》才通过。那年暑假，儿子不服气，到图书馆把《英伦病人》借出来读，果然如老师所说，不容易读。

高二时他们上"莎士比亚"，似乎相当于我们中文的"古文"，老师仍然不做翻译，叫他们去看电影《莎翁情史》作报告。

回到台北，我恰好教英语系的大一国文，发下 *Trapped* 叫他们写读后感，还可以，但是，要他们发言讨论就做不成。

星舰奇航粉丝

　　儿子的小学、国中时代，漫画及少数动画跟游戏是他唯一喜欢的休闲活动。高一到多伦多读书时，找不到这些东西，却发现了曾在台湾播映的《星舰奇航记》（有时译作《银河飞龙》）。在台湾，这个影集收视率不够好，经常被用来垫档，小孩只能时断时续地观赏，有时又漏看，无法充分掌握剧情。

　　北美长期拥有众多"星舰奇航"迷，多伦多的电视经常回放。当地有一个频道平常晚上回放第二代《星舰奇航记》，周末则是彻夜播放第一代。从此，星期一到星期五，每天的《星舰奇航记》是儿子Week Day的休闲活动，星期六就通宵达旦地奉陪。那时，我很忧心这样没日没夜的沉迷，是否应该说说他，后来还是忍住了。

在儿子英语还不灵光时，他把每集都同时录像下来，有空就重看。后来装置了屏幕文字显示器，就一边看一边打电子辞典查生词。直至第一代到当时正播放的第五代全部衔接完成，他才心甘情愿地每周只等待最新出炉的《星舰奇航记》。

在多伦多的第一年，《星舰奇航记》成为儿子学英文的最佳工具，他自己说："也许因为这样，我的英文不善于对话，而善于理解分析。"

过去，我一直对连续性单元影集怀有成见。试想，每周同一批重要人马重复出现，事件必然是由发生到结束的"套板"过程，观众老早就预想出它的结局，一定跳不出通俗剧的窠臼，这样的影集居然从1966年开播持续了30多年！

儿子沉迷于影集，使我曾经忧心，但这个影集确实使他的英文快速进步。我充满好奇："这些全是掰出来的幻想故事，你为什么喜欢？"

"它不是乱掰的，它是利用已经知道的科学原理再去合理地设计出科学继续发展下去的未来世界，那个世界将来可能会变成真的呢！"

"你小时候看过很多科幻卡通，都没这么着迷啊？"

"以前电影中的太空舱都包围在金属容器内，气氛阴暗、冰冷。《星舰奇航记》是我第一次发现这个装载一千多人的宇宙飞船是那么温暖、舒适而且亮丽，像一个温馨的大家庭。"

从此，《星舰奇航记》成为我们日常交谈的内容。我慢慢知道这个影集叙述的是一艘名为"企业号"的星舰，不断地旅行，为了探讨宇宙的奥秘、寻找新生命和新文明、探索人类未来的命运，里面也有关怀人文精神、热心探讨哲学课题，儿子对哲学因此产生高度兴趣。

《星舰奇航记》的制作严谨也让我听来佩服，尤其是科学上的求真精神。儿子把 Lawrence M. Krauss 博士专门讨论其物理性的著作 The Physics of Star Trek 奉为至宝，也因这个爱上了物理。

爱上《星舰奇航记》的人必然"此爱绵绵无绝期"，这些粉丝在地球上形成了一个稳固的 Group，有影迷俱乐部、影迷杂志、影迷大会……随便举办一个相关活动，总是有一群热情的粉丝强烈支持。

1998年圣诞假日，我陪儿子去美国拉斯维加斯，在希尔顿饭店住了3天，专程参加"Star Trek Experience"。

主题展馆内高高的黑色天花板上，挂有一艘大型的企业号模型。展馆内由所有《星舰奇航记》系列归纳出来的"未来历史"展、人物道具服饰展、企业号舰桥等等，异常丰富。

里面设计了一个小故事，把观众带进模拟的 Star Trek 里，观众走进餐厅、舰桥，遇见影集中的人物……几乎可以完全体会身在 Star Trek 世界里的感觉。这个展览让每个影迷都欣欣然满载而归，我们也是。

寻找平衡点

　　开学后，儿子每天背着登山背包去上学，由于下课后得直接去补习，还得加带补习用书，背包里装满又厚又重的书。不知为什么高中用书都那么厚？他每天好像是去露营或者行军。

　　学校的课程，除了英文课是给新移民学生上的ESL，老师上课说话比较慢，同学都是新移民，大伙程度接近。其他各科都是正常班，和一般学生一起上课，老师不管有没有新移民，上课说话有的语速非常快、有的英语发音南腔北调、有的板书非常潦草，都要学生自己适应。

　　我常想，也许每个中学男孩都这样：每天放学一进家门，边脱长裤边弯腰按计算机开关，等换完衣服，恰好计算机完全开机，接着狂玩游戏。他们说，这是休息，可以养精蓄锐。

平时，儿子在晚饭后，开始读书直到深夜。假日也没日没夜地忙，时常没有时间洗澡，催他，就回说隔天洗一次就可以了。

我问："为什么把自己弄得这么忙？"他说："平时做功课，假日就要全力弄3D绘图，没有人教，得自己阅读新买的两本书。3D绘图进步很快，我一点进度都没有，怎么跟得上时代呢！"

他自己闷着头弄3D，当然累。从小都没有受过绘画训练，后来自己学静态画，现在想学动态画。

看他这么拼，我开玩笑说："如果你现在就可以专攻大学计算机绘图多好，就不必花时间读高中的历史、地理之类的。"他立刻笑说："一定很快就被退学。"

以前是抓心挠肝地期望他用功一点儿，不知从什么时候开始，我最常对他说的话竟是："该休息一下了吧？""要不要轻松一下，约朋友出去玩？"

跟以前劝他用功一样，我的话没有实质效用。他仍然只听自己的大脑。

直到他决定放弃3D绘图，生活才有了像样的节奏。

他仍然说："想做的事总是做不完，真希望一天有48小时。"

我说："那样的话，你又会用掉24小时来睡觉。"他笑。

"以前在国中时，上课完全没听课，下课根本不做功课，浪费时间，真可惜。"

"任何时候开始都不嫌晚。"我安慰他。

"我以前没有责任感。"

"那你现在呢？"

"至少我知道用功。"

"如果以前高中考上师大附中，你会后悔来多伦多吗？"

"整个教育环境还是没变啊！师大附中只是一个避风港。"他说，"回想起来，在台湾的教育方式下，真不知道一个人要如何学习？"

"如果你没到多伦多呢？"我问。

"会死得很惨。"

这次谈话，让我的心灵悸动良久。以前，我巴不得他拼死拼活，用功读书。现在，我不希望他为某种目标而拼命。

"你目前在多伦多，就学习加拿大人的生活态度，一定要有休闲时间，让生活的质量好一些。"

真不知是他接受了我的看法，还是自己的变化。当我发现自己完全学不会加拿大人的悠闲时，竟然羡慕起儿子过的生活。他在工作时会享受背景音乐，定时看他喜欢的影集，周末几乎固定跟同学一起出去打桌球或看电影。

最让我羡慕的是：他一躺下就睡着，早晨很难叫醒。饭来张口，衣来伸手，一会儿想当科学家，一会儿又想当艺术家，是个幸福的小傻瓜。

房 事

来到多伦多，花钱如流水，让人惊心动魄，首先是万万没想到房租那么贵。

之前在台湾已经告诉中介，我只要一个独立的小套房，没想到抵达第二天，她只给我两个选择，都是全天保全的大厦，这里叫做Condominium，我只能选择比较便宜的一户，一卧房、一阳光房及客餐厅，月租1420元加币。

到这里才知道，儿子准备读的学校是多伦多三大名校之一，又近地铁，大量华人涌入，房地产被炒高，房租自然贵。朋友劝我往北迁移，但儿子初来乍到好不容易适应了新学校也交了几位朋友，为了些许阿堵物竟要孩子重新面对新环境吗？

只要远离地铁站，就有很多既便宜又漂亮的房子，只是得自己开车。买车，要增加更多花费。何况，我根本不会开车。

知道买房子比租房子划算后，我几乎每天跟房屋中介到处跑，但总沮丧而归，原因是大一点的公寓买不起，我属意的小公寓在那时候根本没有。注意生活质量的加拿大人即使再穷，也会开着二手车在偏远地方住旧一点的House。

曾经看上一栋旧大厦三楼680平方英尺小公寓，十九楼同户开价就比它多了70万元台币。三楼很低，窗子面对前面二楼屋顶上一堆杂乱的大管子，可以说景观很差。我想暂时有地方落脚就好，也就杀个价看看，等对方响应。

回家，跟儿子谈，没想到他居然反对："完全没有View，怎么住？"

"你不是从来不看外面吗？"他明明一回家就上了书桌。

"你怎么知道我不看外面的风景？"

我第一次知道儿子在乎居住环境。

穷移民显然越来越多，这里新盖大楼已经有少数单卧房的小公寓。只遇到一次机会，也是600多平方英尺的全新大厦一楼，我出了价，居然被别人抢先买走。

搞得头昏眼花之后，知道房子买不成，开始找租金便宜的地方。

朋友介绍一大栋出租大厦，有地道直通地铁，不怕风雨非常方便，我一看就有意愿。一房一厅租金约800元加币。缺点是房子旧、看来脏、没有24小时管理员，进出人员杂，儿子看了不喜欢。

我的一年假期快近尾声，房子已经找了好几个月，弄得人焦虑不安。我跟儿子说："我们只好听天由命，看最后上帝让我们住在那里。"他说："上帝为什么不一开始就让我们找到房子呢？"

我很难告诉他，不是上帝的错，只因妈妈不敢多花钱。

最后，我把力气花在婉转劝说与请求上，儿子终于答应以Home Stay方式分租房子地下室一间小房，包吃包住，我回台湾后也比较放心。

回台湾后的第一个假期，飞去看儿子，没想到他的房间在空调机旁边，半夜机器运转，儿子无法睡眠，总是爬起来把空调关掉。地下室四间房全部客满，没人要搬走，最后在房东的体谅下，我又得另找房子了。

走在路上，恰好学校放学，看着学生们走进林立的高楼，这些新建大厦都是因移民学生进读这所学校而不断盖起来的，目前就有两大栋正在盖，还有两大栋准备开工。这么多大厦、这么多住屋，我居然不能给儿子一个栖身之地！我深深惭愧自己受役于金钱。我决定为儿子租一户舒适的Condominium。

儿子入读多伦多大学，决定日后将定居多伦多，我终于在地铁站边订了一户单卧房的预售Condominium。折腾多年，在他升大三的暑假，我们终于拥有了一个属于自己的小窝。

翻阅当时的日记，"房事"居然是我在多伦多几年里挥之不去的梦魇。

钱 奴

　　在成长过程里，贫穷一直伴随着我。记得6岁时，四妹出生，家里实在养不起，通过天主教会帮忙，找到愿意收养的美国家庭。此事被大姑知道后出面反对而作罢。

　　在我报考高中而放弃师范时，事先已经答应母亲日后只能念公费的师大，从此我就一路在师大蹲了大半辈子。

　　结婚后，我专任高中的薪水，五分之四给婆家、五分之一给娘家。在这种情况下，竟然还敢购买预售公寓。那时候，任何工作都拼命抢着兼，每天都买那七毛钱一斤的高丽菜下饭。

　　我从不抱怨青少年时期的贫穷，因为它训练了我吃苦耐劳且独立的能力。但我懊恼成年时，还没有足够的财力就去拼身外之物的房子，不自量力使自己深深沦为金钱的奴役。

离婚后，我对物质的欲望低到极点，最不在乎的就是住房。房子越搬越小，但精神越来越愉快。我真高兴：金钱再也虐待不了我。

靠着一股傻劲我们母子冲到多伦多，我仍然对金钱没啥概念，大方地为儿子买书桌、计算机、音响等，用心安家。

没想到，在这里结识的朋友都一再警告我：户头只出不进会让人焦虑不安，我才开始算账。

我们只带了四口皮箱来，几乎所有东西都得重新购买。统计账单：第一个月花了50万元台币。每月房租3万元、补习2万元、生活费2.5万元、给母亲6000元……每月固定开销就要8万元台币。

来到多伦多八个半月时，用掉了92万元台币，当时的汇率是19比1，平均每月用去108000元？我不相信，左算右算、右算左算，我这急性子开始焦虑不安。

在多伦多，我接触到的台湾来的人都非常节省，即使他们住在自己购买的大House里，仍然节衣缩食。

我一再反省，如何节省？我不愿孩子营养不良，饮食绝不节省。能够缩水的只有房租及补习。这两者都经历过挫败。

当我确定自己很穷时，就觉得多伦多什么东西都特别贵。尤其教科书，补习班先要我们买一本高一自然教科书，竟然要台币1000多元，我以为听错了呢。这样随便几本参考书就挖去我不少银子！

天气渐冷，不知这里要如何过冬，还是由中介带我们去买衣服，儿子买了一件去年款式打折的半身皮衣，我买了一件外套，过两天，气温就只有8℃。

我对贫穷的感觉并不陌生，我时常告诉自己：穷人只有一项烦恼，就是没钱；然而那些生活余裕的人却除了钱，其他全是烦恼。我们的生活多么单纯温馨！

儿子初来多伦多，并没有把握能否适应，我尽全力布置一个让他身心舒泰的生活环境，让他只须用心面对学业。第一年最为艰苦，当时自己并不觉得。直到休假时间结束，准备回台湾时，我才惊讶地想："真不敢相信我竟能撑过一整年！"那时候，才感觉到：独力在异域重建并支撑一个家的分量，实在好沉好重。

回到台北，妹妹知道我的家累，把她的小套房借我住，我原来的房子继续出租。第二年，房子卖掉一半；第三年，再卖掉另一半，多伦多的生计全有了着落。

第五年，儿子已经上了大学，我也确定台北工作有了"第二春"。

"我们马上就很有钱啦！"我跳到儿子面前大叫，"你想买什么？快说，我们马上去买！"

儿子对高潮迭起的老妈，早已处变不惊，笑眯眯地说："前天还叹穷光蛋，怎么变得这么快？"

是啊，天外没有飞来任何钱财，我还是得依靠劳力赚钱。让我狂喜的是，终于脱离钱奴的桎梏了！

蜕变的代价

当生命陷入泥淖时，脱困的方法之一是改变环境。儿子在国三时精神委靡不振，似乎药石罔效。我不得不使出强烈的一招："转换大环境，改造人"，带他到人生地不熟的多伦多。

改变环境虽然离开了原来的压力源，但在新环境，仍得面对新压力，儿子愿意承受，所以眼看着他有明显变化，尤其学业成绩。

可是，多年来他仍然过于内向文静，来往的朋友少得让我暗中担心。天天待在家里读书的孩子又未免太"乖"了，我经常鼓励他多参加社团、多交朋友、多出门去吃喝玩乐，甚至鼓励他多花钱，但他依然故我。也因此，他的衣、食、住、行、育、乐，几乎全部由我打点。这个教育瓶颈，我一直难以突破。

他大学快毕业时，居然说想去日本读一年语言学校。他敢单枪匹马去东京，让所有亲朋好友跌破眼镜，大伙儿齐声说："这么勇敢要走出去，定然要支持他。"我当然义无反顾。

之前，看地图，台北、东京之间并不远，原以为每月可以见一面。事实是，我前后只去了三趟东京。一来交通极为不便，二来东西过于昂贵，三来儿子承租的小套房虽然每月花费台币3万多元，但我们母子晚上必得"抵足而眠"，实在拥挤不堪。这三趟日本行，每次逗留的时间都极为短暂，我只发现他会自己买衣服，衣着日渐光鲜，且出手大方。在台湾，我为他申请了一张信用卡副卡，在短时间内，我的信用卡就升级了，出入机场可以享有进入贵宾厅的招待。

今年七月，我一到加拿大，所有朋友都异口同声地告诉我儿子脱胎换骨，不是说他长得英俊潇洒，就是说他变得异常开朗，跟陌生人可以谈笑风生。

这次来多伦多，我按照惯例，皮箱里装满在台湾替儿子购买的衣服、家用品，没想到他已经看不上这些东西，他建立自己的style了。经过再三思考，我请他把橱子里用不着的衣服清出来，果然淘汰出两大皮箱衣服。这一次"改变环境，改变人"的弧度，的确超出我的想象。

蜕变后的儿子，平时喜欢跟我开玩笑，大伙一起拍照时，他竟然搂着我的腰做亲热状。更令人惊讶的是，我心情不好发脾气，他竟然会嬉皮笑脸地把我逗到笑为止，以前我可是万万不敢当面生他气的。

整理前年汇往日本的汇款单，用去150万元台币，还不包括信用卡刷掉的钱。这恰好也是我们抵达多伦多第一年花费的台币数字。如果说，150万元台币可以买到人生正面的大变化，那确实划算。因为金钱买不到很多东西，例如深厚的感情与信赖，尤其是成长以及成熟。

想起好友时常警告我："你这单亲妈妈依靠单薪收入供养一个留学生，你的养老金在哪里？"我很想说：我目前就在养护我的老年啊！当然，下一步我要努力改变他的是，不能浪费！

我溺爱？

人人都说我溺爱我的独子，因为没有一个单亲家庭只靠单薪收入却胆敢让孩子出国留学，只因为儿子说想尝试接受西方的教育。

可是，我知道台湾的环境不适合儿子，他已经受伤。

人人都说我让儿子予取予求，因为没有人认为一个才学计算机半年就迷上3D绘图的高一学生需要台币19万元的计算机，光是21英尺的显示器就要5.5万元台币。还让他买高级音响、LD、原版CD、录放机，甚至华人才有的译码器。

可是，我的儿子全天除了上学、睡觉、吃饭、洗澡，其余所有时间都坐在计算机桌前。

人人都说我溺爱儿子，因为我让他去最昂贵的私人补习班每月花2万元台币补英文。

可是，他刚到多伦多时，英文测验说明他只有小一程度，两个半月后却要上高一课程。

人人都说我溺爱儿子，因为我租高级大厦的公寓，每月房租3万元台币，唯一的卧房给儿子住，我则住在冬冷夏暖的太阳房。

可是，我希望他有一个安宁舒适的读书环境。

人人都说我溺爱儿子，因为我不知道计算血本，前半年平均每月花费超过我薪水2.5万元台币。

人人都说我溺爱儿子，是吗？当我们第一次踏上多伦多那完全陌生的土地，我们不会开车、不敢说英语，却要去买必用的家具。有一次我们搭公交车去IKEA补货，前后都要走15分钟才到公车站。结账后才发现16公斤的组合桌子、CD架及脚垫之类的东西实在很重，由IKEA送货要花1000元台币，叫出租车要500元台币。我们原来打算搭公交车来回，儿子坚持还是可以搭公交车，最后由他负责搬书桌，我背包装满东西又手提一个大袋子，再抱那个大CD架。我们这对孤儿寡母般如爬虫般上下车走路，那狼狈寒酸的感觉使我想起过去读过的被下放北大荒的文人；唯一不同的是，我们眼前是多伦多温煦的七月艳阳、世外桃源般的优美风景，脚底踩着宽阔的帝王大道旁边专为行人铺设的走道，身边闲逛着的是手执甜筒悠哉的洋人……

是的，我们本来就手足无措地闯进一个完全陌生的异域，

IKEA之行，象征着我们的加拿大之行是开始于精神与物质都异常贫乏的处境。直到一年后我才感激这样凄凉的出发点，提供给我和儿子共苦的机会，因而我们才慢慢体会出同甘的滋味。

人人都说我溺爱儿子，因为哪有母亲总是鼓励儿子多结交朋友、多出去旅行、周末一定要休闲、老是问他身上钱够不够……

人人都说我过分宠他。可是，我几乎从来不曾为他买过漂亮的衣鞋，他更是从来不在意衣着。有一次，我笑着跟儿子说："你走在外头，小心别人会误认你是他儿子。"

"为什么？"

"因为你全身上下都穿着别人儿子的衣服哪！"

这儿的好友不但把她儿子嫌小的衣服给了我们，还把她朋友儿子的衣服也搜刮过来，所以我儿子有穿不完的衣服。

儿子那双国中时代极为老旧的大头鞋早就穿了底，有一次大雪天从补习班走回来，鞋子完全湿透，在干衣机内烘了两个小时还没有干。我要他买双新鞋，至少作备份用，可是这小子老是拖延，直到妹妹带外甥去买NIKE鞋，硬是拖他一道去，逼他挑鞋。结果儿子千挑万选，终于拿了双adidas鞋。后来我去看他时，光鲜的adidas仍然供在书架上，儿子还是穿着那双牛伯伯的老爷鞋。

儿子留学澳洲的国中同学，要儿子在多伦多为他买Jordon第十三代十号球鞋，外甥早已查出多伦多名牌球鞋比台北贵很多，但是远在澳洲乡间的同学说等他放圣诞节回台湾时早已被抢购一空，还是要儿子为他预先买下。那双鞋折合台币恰好5555元，圣诞节替他扛到台北。我一向教育儿子宁愿失之浪费也不能落于小气，对同学、朋友尤其要大方。他对台湾同学已经习惯凡事请客。儿子送出这个对我目前经济景况而言相当奢侈的礼物，我不禁想起儿子脚下漏水的老爷鞋。我究竟溺爱的是别人的儿子还是自己的儿子？

人人都说我溺爱儿子，因为既然是穷人，就不要把多伦多当成高雄，动不动就两头跑。圣诞节一张机票是我整整半个月的薪水，却只买到12天见面的时间。

可是，你不知道，咱们相聚的时光有多甜蜜！不爱说话的儿子每在饭后总是吱吱喳喳跟我长长短短地没完没了。睡前，等着我为他盖被聊天。早晨不用闹钟，等着我去唤他、推他、摇他、揉他……明明醒着还在偷笑就是不起床，我真喜欢他的撒娇方式。晚餐之后，有时我坐在他计算机桌前跟他面对面，他用心地读书，我自在地看书。偶尔抬眼注视着这个不断蜕变的孩子，心中涌现出无限的欢喜，绝对不仅因为他来自我的骨血；而是，我最喜欢身边的人热爱他的工作、专注他的工作，儿子目前就是这样的青年，他的朝气在眉眼之际勃勃焕发。我喜欢跟这样的人相处。

儿子有时抬头，发现我定定地瞧着他，微微一笑，再度低头看书。只是这么家常的生活，我知道我们都非常珍惜、非常用心地享受这么平凡的温馨。

自从儿子留学以来，我多支出的只是一些金钱，幸好我的算术不太好，一直搞不清是不是长期入不敷出。但金钱不是一切，我们拥有金钱买不到的许多珍贵东西，使我心中一直充满着欢喜。这一年来，我跟儿子都不断地在蜕变中成长，年轻人的调适能力比较高，本来不足为奇，可是在我这个年龄，仍然可以不断地思考不断地修正并调整自己，让我惊讶而欣喜。

我第一次学习着全心全意地面对一个人——用心关心他的需要、照顾他的必要、努力调整他的不适……当你不断地付出、付出你的爱力，对方都完全承受，那表示已经得到更多的回馈。这一年来我亲眼见证儿子人格、学业脱胎换骨的历程，那是我们一步步携手共同跋涉的可贵经验。

过去，我长期待在书桌前，只是读书写作，不食人间烟火也不懂人情世故。这一阵子血肉真实的柴米油盐的小妇人生活，使我对生命有了更多的发现，尤其是不断思考并调整亲子相处的关系，实在是深具挑战的艺术。我终于相信，只要你有爱力、肯用心，一定可以履行你的计划、朝着你的理想前进。

我更加宠爱我的儿子，不管你怎么说。

在错误中成长

我相信天下没有母亲不疼爱自己的骨肉，我当然也从来没有怀疑过自己拥有这种"天赋情种"。是的，天下母亲都宠爱她们的子女。

只是，"输出"的母爱子女是否全部"接收"到了？宠爱的方式是否使子女得到正面的成长？过度的母爱是否造成子女的压力？恐怕很少母亲思考过这些问题。我正是这样的母亲。

在儿子幼年时期，我们家兄弟姐妹时常在周末带着孩子回娘家，5个姐妹带着6名子女，诚然是家族大聚会。姐妹忙着跟父母兄弟聊天，放任孩子们玩游戏、抢玩具，最后总是在孩子们的打架哭闹声中结束我们的家庭聚会。

在儿子幼年时代，我也经常带着儿子参加朋友的聚餐，做母亲的觉得让孩子开开眼界同时大吃一顿，既完成了交际又照顾到子女。

多年前，在学校通识教育课程里，为了让非文学院学生上课轻松点，我把两篇自嘲性、叙述跟儿子幼年时亲子关系的散文发给学生。

没想到，在期末考的试卷里，一位教育心理系学生在答案卷的后面附上了对我散文的批评。她提供我不曾思考过的观念及作为。我既惊讶又感动。是的，我从来没有思考过如何对待孩子才是正确的方式，总以为依照自己"爱"的感觉去做就天经地义。

从此，我开始在反省中不断发现自己的很多错误，在错误中不断学习与调整。遂发现：跟子女相处是一门必须全力以赴极奥妙的艺术。

在多伦多，每当友人邀约吃饭或者郊游，我已经学会不勉强儿子参加。他虽然想吃大餐，却仍然选择不参与，这证明孩子并不喜欢加入大人的活动。我呢，每当在外面尝到儿子喜欢的食物，总是遗憾儿子没有机会享用。后来想到最好的补救办法就是把饭店地址抄下，下次专程跟儿子来度周末。

是这样的因缘，我才发现，跟孩子在周末的聚餐，竟然是我们最亲近的亲子时间，看着食量特大的儿子开心大嚼，是多么畅快！而我们在等待上菜时或者饭后的咖啡时间，总是有温馨的促膝长谈。这样的休闲机缘，打开了儿子的谈兴，我了解了更多他学校的生活、结交的朋友、学业的进度，尤其是他的观念、他的思想、他的嗜好、他的爱憎、他的烦恼……这些，都不是我们在家匆忙的一日三餐中所能建构的。

当初，带着茫然的儿子在异域孤独地寻找浮木，几经载浮载沉，而今儿子勤学稳定，我们终于拥有心灵安居乐业的归属感。今天，我确信自己一路走来的生活是一日比一日地有风采、有姿色。在这炫目的斑斓里，那最夺我眼神的是亲子的亮彩啊！是以，我曾经颠踬过的每一个错误的脚步，在记忆里都成为弥足珍贵的痕迹。

PART 2<<<

一株宁静的树

一起玩

朋友来多伦多看我们时说："你们两个不像母子，倒像姐弟！"其实，多年来，我努力经营的关系不是母子、不是姐弟，而是朋友。

在他的幼儿时代，我经常趴在地上让他当马骑，也一起玩捉迷藏、打球。到了打"任天堂"游戏时，我已经难以插手，更不用说中学以后的"机动战士"等玩意儿。我只好装作有兴趣，听他讲故事内容，原来这些小新人类的游戏不但故事流动、内容复杂且机关密布，实在需要相当脑力才玩得了。

无论如何，我是落伍的遗老，只能每天忍耐着听他枯燥的叙述。想想，人与人相处，不是需要互相包容吗?

我也请他包容我的急性子，要经常提醒我，平常动作不要太快，吃饭尤其要慢……但这小子吃饭比我还快。偶尔，我刚扒完饭，他缓慢而轻声地说："你吃得太快了！"我就急急重重地捶他一下，怪他事后才说，故意作弄我。他只是微笑。

高中时，他喜欢哲理性的动画，尤其最爱"表面看不出来，要让人想破头"的议题。这使我灵感一动，拐着他说，小说里有更多让人想破头的玩意儿呢，你要不要试试看？那年暑假，我们就一起阅读存在主义小说，他很快就看出卡夫卡《判决》里的象征意义。我们接着读拉丁美洲魔幻写实小说……谈话的议题我完全不在乎，我想要的是无隔阂对话的感觉。

在他大二暑假我要回台湾时，他给我一份"作业"，要我看中文版日本动画《新世纪福音战士》。好不容易学生替我找来一套，一见袋子我差点儿昏倒，居然有26集之多，要看这么长的动画，不是折磨老妈吗？

一直挨到快放寒假，才勉强抽出一周时间，以受刑的心理闭门观"画"。没想到才看了两集，就爱不释手，夜以继日地看完26集之后，又接着看电影版、补完版。中间不断打电话给儿子："这是一部精彩绝伦的动画，既通俗又精致无比，我非常喜欢！"

他记得这部动画中所有的细节，讨论时，我似乎比儿子还要兴奋。他笑："你不是有仇日情结吗？"

"艺术无国界。"我真诚地说，更加喜欢会调侃母亲的儿子。这才是一起玩。

人伦关系应该是平等的，过去社会过分提高双亲的权威，就只得到子女敬（其实是怕）而远之的关系，完全享受不到亲子之情。请看《红楼梦》里贾政与王夫人何尝享受过亲生儿子比"宝玉"更温润光彩、魅力四射的温馨之情？

教养子女是不断付出爱心的过程，孩子欣然接受，那爱力就变为成长的酵素。养儿育女最大的回馈，就是看见他们正向地成长。

我赞成——跟孩子一起玩！

一株宁静的树

明知清康熙时有书法家王澍、嘉庆时有廉吏陶澍，之后也有多人单名为澍，我们还是用此字为他命名。澍，是及时雨的意思。他出生前，台湾正重逢久旱，他出生的时候，突然倾盆大雨解了干旱，为怀念当时的感觉，就用了这个字。

小学一年级时，他结交邻居小朋友陈晋志，这应该是他此生第一位好友。每天下课后陈晋志就到我们家，两个孩子一起做功课一起玩，却是静悄悄的。不但没有争吵，也没有喧哗，当时，只觉得两个孩子真乖，让人放心。

有一天，他跟我说："妈妈，我时常想：是不是陈晋志只是在我的梦中，或者我只是在陈晋志的梦中？不知道哪一天我们都会醒过来，发现什么都没有？"

孩子会这样想，我真不知道该高兴还是焦虑。

第二年，我们搬家离开那个地方，他没说舍不得陈晋志。多年后，我们去逛景美夜市，经过以前住的街道，他突然说："我好想进去找陈晋志。"

事后，我很后悔没有陪他去找。因为，他结交的朋友实在太少了。

转学后。我问："适应新学校吗？"

"我每节下课时，都一个人出去走一走，打钟再回教室。"

"跟同学之间呢？"

"都没有来往，当然不会怎样啊！"

"那你其他时间做什么？"

"午餐后，我就一个人到活动中心找一个安静的地方发呆。"

我这时才惊讶孩子的孤僻。

在多伦多陪读的日子，他仍然过度沉静。我总是暗暗祈祷：希望这里开朗的学风能让他活泼一点儿、调皮一些，甚至做点坏事吓一吓我，可他还是乖宝宝。

我想尽办法要他多打桌球、买溜冰鞋、参加社团、跟朋友出门玩。假日，他仍然喜欢待在家里。我说："大家都在寻找玩乐，因为人人都有玩心，玩心得到发泄甚至发挥，就会感到快乐。即使是做事，包括将来的职业，都带一点点儿玩心，就可以随时享受乐趣。你——总要有一些玩心吧？"

"我觉得好玩的事情，也许你不认同，我有我的玩法。"

"你为什么不喜欢跟大伙儿一起玩？"

"处女座不喜欢在别人的目光下。要融入群众，对我而言是不自在的事。"

"那你喜欢怎样？"

"群众的边缘才是属于我的地方。老实说就是孤僻啦！"

在社会上、在人群里、在朋友相见甚至家庭手足聚会里，我都不是爱说话的人。可是，跟自己的独生子在一起，相对而言，我变得聒噪许多。

我带他去芝加哥，住在朋友家，我们大人出门，留下他和朋友的女儿，两个高中学生居然都在客厅看自己的书，互相没对话。

他高中时，我把唯一的钟挂在他房间跟客厅之间的墙上，我在厨房工作可以随时看时间。没想到有一天钟不见了，我找了半天，竟然挂在厨房侧面的墙上，我把它再挂回原处。第二天，又跑过去了。家里只有两个人，他啥事都不管，到底是谁搬的呢？我跟他提这件怪事。他说："是我，那钟挂在这边滴答声很吵，睡不着。"我真难以相信这个早晨叫不醒的人会睡不着。

偶尔朋友来，在餐桌边一聊三个小时，看到他去洗手间，惊讶地说："你家好安静，竟不知道家里还有另一个人。"

暑假时，外甥女臻臻来多伦多大学修英文，当然住我家。她虽然人缘超好，在来之前，我还是提醒她："偶尔我会出门，你得跟小澍单独相处喔！"

她说："二姨，请你放心，我跟魔鬼都可以做朋友的。"

有一次，出门前我跟臻臻说，"今天晚上赶不回来跟你们一起吃晚餐，你和小澍到外面餐厅吃吧！"

"二姨……"她拖着长长的声音，撒娇地说，"我不会饿，你可不可以还是回来，我们等你一起吃饭？"原来我不说话的儿子比魔鬼还可怕。

他小姑姑的独生女在另一个暑假到多伦多修课，姑姑要他去机场接女儿。我不知道他如何回答的，只知道结果是没去，连面儿也没见。

我鼓励他要像西方人一样，每年都出门旅行。他终于选择良辰吉日一个人到Prince Edward Island省的Charlottetown小镇去旅行。在那个静僻优美的乡村，他骑着脚踏车，在小镇来回骑了8小时60公里，他在信里说："路上风景有些很不错，时常一个人也不见，四周只有我一人，感觉很好。不过人文艺术对我的吸引力还是比较强，大自然看来看去还是差不多……提早回来有点可惜，不过还是觉得家里比较好。"

他本来什么都不像我的，怎么竟然跟我一样喜欢待在家里！我用尽脑力想要他多动、多玩、多交朋友……最后，我投降。

他从不"淋"人，不像雨，更不是及时雨，只是一株兀自伫立宁静的树。

下午茶时间

　　"小时候的记忆就像在梦中一样，不是因为时间久的关系，而是那时大多时间都在自己脑袋里度过。"

　　"为什么？"

　　"可能是讨厌现实，或是讨厌现实的自己，所以总是留在自己编织的世界里。那时想象力很强，即使明明知道不是真的，但感觉一点都不假。"

　　"真巧，在高中毕业以前，我跟你一样。"我说，"总以为自己只是在梦中，眼前一切都是假的，不知道什么时候才会醒来，回到真正的世界。到了大学，我好像就忘了这些事。"

　　"到了多伦多，其实我并没有改变。一开始比较外向，那是因为面对太陌生的环境。"他说，"等到一安定下来，我的生活、我的脑子跟在台湾仍然没什么不同：固定的几个朋友，固定的生活习惯，仍然沉迷在自我的世界里。"

"唯一不同的地方，是学校的成绩。"他说，"为什么我肯念书了？我也没有用心想过。"

"那个时期是青少年的叛逆期，你觉得是否有关？"

"我不知道。"他说，"在台湾时，我几乎不让任何'现实'进入我的领域，在多伦多就放松了些。不过，要我和大家一模一样，大概也做不到。"

"肯跟我说话已经很了不起了。"我说，"你是否想过，在多伦多，我从来没有要求你用功念书，我只希望你正常生活就好，为什么你自己用功起来了？"

"大概我也有中国人的传统观念，认为念书很重要，而且家里都是念书的人。"他说，"你记得吗，我跟上学校进度后，其他同学都在交友游玩享受人生时，我却想当一名学者。也是这时候我发现自己相当聪明，这是在台湾时绝对想不到的。"

我记得在他高三时的饭后聊天里，我说人到中老年，因为孤单寂寞而信教者多矣。他竟然说："我们搞学术的不会寂寞，所以不必信教。"

他曾经想当航天员，后来发现加拿大只有极少的航天员，他很难有机会。之后又想专攻物理，最后还是放弃了。放弃的原因，都不是失去兴趣。

"虽然知道自己聪明，可是更聪明的人多的是。"他说，"聪明的人一定有能力找到自己的界限，如果没有能力突破，打击会很大。结果，你觉得仍然像是被一个叫平凡的大海淹没一样。"

"我们家的人都太保守，太常给自己界限。有很多时候，界限是可以不断突破的。"虽然如此，我也不想用力说服他。

"当你还是小孩时，可以无限自大，因为将来是一个开放的未知数。"他说，"我们一定是在实践的过程中慢慢知道什么是可能、什么是不可能。成熟，有时候就是在了解自己的界限在哪儿。"

"我看你还是很用功啊！"

"上了大学，对我而言是一个挑战。我的衡量标准是自己的成绩。因为大家都说大学的分数会比高中时低，我的目标就是分数保持以前的水平。所以，你看见的我还是用功的。"他说，"但是，那个学者、研究家都没有了，我想玩我喜欢的动画、游戏，将来如果找工作，一定跟这方面的程序设计有关。"

"不论你做什么，"我说，"你喜欢你选择的工作就好。"

人文与科学

　　我念研究所时，朋友担任指挥家邓昌国、钢琴家藤田梓夫妇两个儿子的家教。他说这对夫妇完全不愿意儿子走他们的音乐之路。当时，我们都很讶异，音乐之路虽然很难出人头地，但他们两人已经功成名就，要辅佐子女走这条路要比别人容易很多，可见其中甘苦必然难以尽言。

　　在台湾，不仅是我念书时，即使现今，仍然重理工轻文史。虽然21世纪号称是"文化产业的时代"，念人文科系的学生仍是茫茫然，不知从何着手努力。社会现实就是理工出路较容易，人文艺术光靠天分与努力，有时仍然无法出头。

　　我非常希望儿子的潜力得到开发，不论是文学艺术还是理工科学。可是，在台湾的教育生态里，孩子的潜力要得到开发，相当困难。儿子9岁时曾经说过一句让我暗暗佩服的话："我觉得人生就像赌博，比如我们被分到哪个老师，完全靠赌，运气好就是好老师，运气不好是坏老师——就倒霉了。"

在多伦多，有两位补习老师的丰富人文素养让他非常佩服，有一次谈电影《阿甘正传》延伸的文化问题，让他心服口服。他从自己的兴趣也摸索出性向。他喜欢打电玩，除了享受"打"的乐趣，他还欣赏电玩的画面设计、配乐及音响。他说："现在的电玩，绝对不只是游戏，它从头到尾就是一部艺术作品。"

那时，他正在玩"Final Fantasy Ⅶ"，里面的配乐是"One Wing Angel"，他查出其灵感来自歌剧"Carmina Burana"的一部分，就跑去买歌剧原版CD。渐渐的，他不只喜欢动画、游戏等配乐的原声带，也喜欢作者的其他创作。就这样，家里的CD一张张增加，而且范围极广。我常想，一个高中生，会以西方歌剧成为他读书的背景音乐，不能不称奇。他后来还买了电子吉他，自弹自唱，以他的个性，足够让我惊奇。

更令我意外的是，他居然临时上台演戏。那是在ESL班级学期最后一堂课，老师突然要大家读莎士比亚有关恺撒大帝部分。读完，立刻要学生分组上台表演。儿子所在小组分到恺撒被暗杀的部分，没人肯演主角恺撒，最后竟然由儿子担当。既没时间背诵台词也没时间排演，直接上场，没想到同学都很认真地演"刺杀"，把他吓一大跳，忘了台词，停了几秒后才想起来，然后倒下装死。

回来后，他说：“没想到，停了几秒反而更有逼真感。真好玩。”这个过分文静的孩子，居然也认同演戏很好玩，可见他对戏剧也有兴趣。

跟邓昌国夫妇一样，我完全不愿儿子走我的文学路；可是，这个喜欢思维的孩子，只有文学是我们之间最能畅谈的素材。他常说：“没想到讨论起来蛮有趣的。”我能不兴奋吗？但是，我心底是焦虑的，万一他选择人文学系，我绝对不能阻止。

在十二年级时，英文课老师叫儿子不要用Coles Note（参考书）来写论文报告，儿子问我：“如果写出的东西和你完全没看过的资料一样，那要怎么办？”

“所谓一样，那一定只是见解相同，文字不可能完全一样，所以不是抄袭。应该说英雄所见相同，这是可以查证的，只不过你老师没有查，就断定你是抄袭，这是不对的。”

他在OAC课程写了一份从外星人看人类的报告，老师也认为他是抄袭。经过儿子再三解释他对科幻的了解以后，老师才很不情愿地更正分数。

“经过这些摩擦，我对文学评论的基准实在没信心。虽然我知道在艺术上时常有见仁见智的问题，但是和理科的确定性比较起来，后者才能让我安心。”

我想起，在一次文艺奖的决审会上，有位评审给某书零分，我们其他评审给再高分也救不了它。文学艺术的评断的确有很多主观成分，儿子的抱怨，我无法反驳。

他最终选择计算机，我暗暗透了一口气。虽然如此，他在大学最喜欢上的是哲学、动画，自己额外去学的是绘画、电影。

毕业后，他选择在电玩游戏公司上班，负责程序设计以及配乐。从他身上，我知道人文与科学经常可以同时并存，只是每个人的性情有所偏好，他骨子里似乎人文艺术占的比例大些。

他固执

儿子休学在家，等我休假时陪他出国读书。这半年时间正好给他补习，除了补英文，我想他喜欢电玩，应该愿意补计算机。我翻阅报纸，看到一幅长条广告，全面性又长期性地教授计算机课程，我怂恿儿子一道去看看。

在门市部，公司服务员介绍整个课程内容。并且说，上课的人必须先通过智力测验才能读这门课程。他当场给儿子笔试，通过，当时我完全没想到这是引诱顾客上门的花招，只欣慰儿子不笨，所以很爽快地付了头期学费1.5万元台币。我们出门刚坐上出租车，儿子就开口："我其实并不想上这个课程。"

我愣住，"那你想上什么样的课程？"他对计算机的认识不会比我多，不可能有自己的偏好啊！

"上星期在信息展看到的东西，我比较喜欢。"

第二天我独自去补习班办理退学手续，只领回6000元台币。

是他自己在报纸上找到全台北唯一开设3D绘图的课程，并选择了它。

这个教训，让我想起以前也发生过类似事情，都是我欠缺反省力，才会重蹈覆辙。

他一无所长，只喜欢玩计算机。有一次我在店里看到"计算机用语词库卡"，我自己很满意使用的大易词库，就自作聪明为儿子买下词库卡。后来发现他从未使用过它。

我曾经找师大信息系的学生为儿子补计算机课程，成效也不彰。

印象最深刻的，是送他去参加卡内基课程。

卡内基的广告非常诱人："可以培养人的自信心与演讲能力及领导能力，增进记忆力，获得良好的人际关系与成功的事业。"

我并非受广告影响，而是亲眼看见活蹦乱跳的侄子参加卡内基成人营之后，更加俏皮可爱，我就直接为儿子报名暑假的"卡内基青少年营"。

当我收到儿子带回来的数据，就知道我的目标泡汤了。

开课第一天，要每位孩子签署一张"下列理由不能阻止我来上课"的自律条约，里面列出的37项理由几乎全是成人的问题，例如"快结婚""加班""出差""孩子生病""岳母要来""需带小孩""离婚""查税""老板责备""刚换工作"等完全和青少年无关，而国中生没有开车资格，又哪有"轮胎漏气""车子发不动"等问题？

日后上课使用的"学员手册"也未替青少年调配适当的"菜谱"。内容时常属于青少年不关心的成人事业，例如会议、谈判、财务、经济、企业、主管、企业失败……如何能引起青少年的学习兴趣？

至于教学方法也套用成人方式。成年人和青少年参加卡内基最大的不同在于意愿，前者在繁忙的工作中主动报名参加，青少年可能都像我一样，在父母的哄诱之下半推半就而来。课程中就必须设计诱发学习兴趣的内容才行。

卡内基课程很需要学员事前准备、事后思考，缺乏学习意愿的青少年就很难做到。以致他们必须上台做三分钟的演讲大多只是急就章。

这课程，儿子也一无所得。

平时看起来很温顺的儿子，其实有十分固执的地方，他只选择他真正想要的东西。我花了这么多"学费"，居然没有学习到"尊重"的道理，没有从这些教训中得到成长，活该再次受挫！

想想，教育本来就是在孩子"想要"及"需要"之间做适当的调停。我自己是计算机文盲，却执意替儿子安排计算机词库与课程，既无视他的"想要"又误会他的"需要"，根本就是滥用母爱。

到了多伦多，一向不爱求人的我，特地烦请芝蓉的儿子过来，让他跟儿子一起讨论需要怎样的计算机。就这样，我们买了一部芝蓉的儿子说的"天文数字"（9000元加币）的计算机。我毫不后悔。

他幽默

　　我的骨子里有很多怪点子，一直以为儿子必定也调皮捣蛋，结果和预期完全相反。从小，我就没要他乖、没要他守规矩，几乎没有给他任何限制；可是，他天生会自我约束。

　　国小时，他喜欢打电玩，我们晚上去师大夜市吃宵夜，经过电玩店，他驻足门口，看了又看，舍不得离开，我忍不住说："走，进去玩一下！"

　　他摇摇头："门口写着：未满十八岁不得进入。"

　　这样一个乖宝宝，不但不用教育他要中规中矩，我反而鼓励他偶尔走到常轨之外，玩一下；但，他总是不。

　　幸好还有些冷幽默。

聊天的时候，我说："你到底有什么地方像我？"

"有啊，像你的缺点。"

"我有什么缺点？我想不出我有什么缺点哩！"

"那就是啦，像你一样是没有缺点的人，这就很不容易了。"

"嘿！原来你跟我一样，有幽默感！"我开心地说，"小澍，你真好……"

他立刻说："我不好，我其实有很多缺点。"

"你真谦虚，我说你很好，你立刻说你不好。可是，我真的觉得你很好啊！"

"你这样想也很好。"他说，"我的话是双关的。"我大笑。

两人相处，只要轻松，空间就无限广大。我这个急惊风时常漏气，有一次接了电话，我匆匆下楼要交货，跟他说："我马上就回来。"

刚刚把铁门关上，发现东西忘了拿，再开门，他立刻说："果然马上就回来了。"

我越来越疼他。有一天，他说："你很溺爱我。"

我大叫："天哪！连你都这样认为，我一定得修正……"

"我还没说完，"他打断我的话，"继续下去。"

才不过第二天，学生想调课到周三下午，我回说那时间要陪儿子去补习。他知道后，立刻说："难怪别人都说你宠我，原来你什么事都拿我当借口！"

我哈哈大笑，说："越看越觉得你真好，你到底有没有缺点？"

"没有缺点。"

"哇！那么完美啊！"

"我还没说完——没有缺点的，哪是正常人吗？"

我重重地捶了他一下，"都是你有理！"我说，"汪婆婆告诉我，你爸爸在花园新城的房子装潢得像皇宫，她叫我回去当皇后哩！我说去了仍然是佣人。"

"不错，他们佣人房都准备好了，正要聘请菲佣。"

我既没当皇后，也没做菲佣，而是到多伦多做台佣。我看了他第一次考试成绩单，很满意地说："你工艺97分，真强。"

他说："全班都很高分。"

我说："你数学很好。"

他说："这里数学太简单了。"

"你真逊！英文只有54分。"我说，"这样你满意了吧？"他笑。

初来时，我们租的大厦有温暖设备，朋友要来享受，我陪她们下去，经过信箱见到有信，就带进烤箱在微弱灯光下边烤边看。回来跟儿子报告，他的结论是："可见你不太用功，所以眼睛还好。"

在多伦多比较空闲，我拿出用薄薄航空信笺写的旧书信正要整理，他经过我旁边，看到信纸背面的字迹："咦，你的字怎么这么整齐？"

"嘿，可见我的字也曾经规规矩矩过，不是一开始就像日文的狂草。"我说。

"对了，我跟外国人讲话时，常常听不懂他的话，你能不能告诉我一个最简单又最容易的方法？"

"你说'pardon me'，他就会知道你没听清楚，会重讲一遍。"

"哦。它是什么意思？"

他接着讲了一句我听不懂的话。

"你说什么？"

"我在替你复习啊！我只是重讲一遍，你就忘了。恐怕你真的有……"

"没错，老人痴呆症。"

他上大学后，我回台湾到私立学校任教，又渐渐忙起来，外面工作越来越多，跟他诉苦，得到的不是安慰，而是："还有人要你啊？你们中文系折旧率可真低呢！"

朋友都知道他长大了，因为遇见我都会问："儿子有没有女朋友？"

"没有。"

"那你怎么不急啊？"我一点都不急，他长大了，可以自己决定要交什么朋友、要单身还是要结婚。聊天时，提起朋友们替我着急，我说："你结交任何女朋友我都没有意见，不管是白人、黄人、黑人、红人……只要你喜欢，统统都可以。"

"也许我结交个黑人女友，你会很兴奋！"

"哇，你真了解我！"我哈哈大笑，重重捶了他一下。

撒娇方式

他，无论怎么看，都不可能撒娇。

有一天，他走进我房间，往我床上一歪，知道必然有事找我，立刻起身坐在他旁边："有事喔？"

"我们到底还有多少钱？"

我笑起来："为什么问这个？我一定让你读书、生活都足够。"

"我知道问你，你一定说：你想怎样就怎样。"他说，"可是，万一我们的钱用光了……"这家伙居然会心理战，他知道我一定会答应他的，只是这次可能花费比较高。

"只要是你真心想要而且是有意义的东西，我就完全舍得，我就变得有钱了。"我笑着说。

原来，他想买3D绘图的新配件，要美金约3000美元。这东西对我们而言，没错，是贵。

我说："你将来可能专攻3D绘图，这是工具，不能不买。"这小子其实不必跟我来这一套，我总是没有二话会答应他的，"妈妈还会赚钱，你放心。"

这东西并没有白买，他花了很多时间自己摸索3D绘图，最后决定放弃走这一行，仍然是一段珍贵的学习历程。

有时候，他上床前跑来开我的门，我知道这动作是"告诉"我他要上床了，乃过去陪他。他一躺下，我轻轻拍着他的背说："你真是幸福的小天使，除了早上起床有点痛苦，其他什么都轻松快乐。"

他说："哪里，功课压力很大呢！接二连三的报告要赶；计算机报告要去图书馆找参考书，有些书根本看不懂，可是下周一就要交了；然后都市课程下周又有报告得写。"他翻过身来说："还有，周六要搬家，然后……你又要回去了。"

原来为这事撒娇，我的妇人之仁最抵抗不了这种柔性诉求。我万分不舍地说：

"乖乖，你只忍耐18天，圣诞节我们又可以见面了。"

我们两人都有心理准备，到多伦多就学，注定得过聚少离多的日子。算一算，他的适应期大约花了两年，之后慢慢独立，不再那么依赖我。直到有一次，他半夜跑到我房间说："看了一部电影，好恐怖！"

"那就过来这里打地铺。"

他真的把行头都抱了过来，天天睡在我床边。直到他和同学相约去欧洲旅行回来后，才回他房间睡觉。

看着他熟睡中的脸，我忍不住偷笑。他最清楚我的胆子忒小，他时常看恐怖电影，如果我走过去，在旁边看，他会说："这电影的恐怖程度，你不敢看的。"如此胆小的母亲，在他也害怕面对恐怖电影时，如何有能力保护他呢？他当然没有想到这些。倒是我，对这撒娇动作是满心的受用，兴奋得失眠。

他的收藏

　　小时候，他搜集 swatch 手表。他从不主动说，我也没问，只见他房间的 swatch 慢慢增加。他从没跟我要钱买表，全部动用他的压岁钱。

　　后来，他换了兴趣，喜欢做模型，一盒盒的模型带回来，拆开再组合，工程非常精细，引起我的兴趣，鼓励他多做，当然也就有了"金援"。他的兴致更高，每次完成一座，就趴在地上左右欣赏个半天。家里空间实在不够，做好的模型不是放在书架顶端就是书架边的空隙。一个地震总是伤亡惨重。我想，买模型总比买房子容易。我说："做模型的成就感在于制作的过程，淘汰年久失修破损的模型，才可以不断让新模型进来。"目前，多伦多还有两架劫后余生的模型伫立在玻璃橱里。

他到多伦多的前后时期，迷恋着日本漫画，经常抱着日文词典自学日语。

他人在多伦多，看到台北一位网友拍卖日本高田明美的绝版画册，有60页，彩色人物画，出价5000元台币。他非常担心被别人标走，第一次跟我讨钱求助。我只好打长途电话请四妹替我领钱，再请小弟去跟对方约好时间地点取货。他先把网络上画册内的图片打印出来邮寄给小弟，再用电子信把图片传过去，以便小弟核对画册真假。

当小弟拿到画册时，他又担心台湾湿度太高，不但怕画册会发霉（对方是放在防潮箱里），他还有LD及swatch手表也怕潮湿。我第一次看到他如此婆婆妈妈，答应他下次一定把这些宝贝全部搬到多伦多。

在他迷恋日本漫画的同时，不可避免也会爱上日本动画。20世纪的八十、九十年代，日本动漫画名师接踵而出，在全世界大放异彩，他恰好赶上这个盛世。不用说，手冢治虫、宫崎骏、大友克洋、庵野秀明等的所有作品都成为他搜集的对象。

从日本动漫画中，他学会了艺术鉴赏。不用说美国早期的迪士尼卡通他看不上眼，就连我极为偏爱的皮克斯系列卡通，他都嫌幽默有余、深度不够。

他从大友克洋那里，深深理解人性不是善恶两面一刀切，他喜欢看日本艺术家对人性多面、复杂而纠缠的细致演绎。

我说："宫崎骏的作品大多温馨，应该不符合你的标准啊？"

"宫崎骏的深度和大友克洋不一样，宫崎骏不只是建筑一个美丽的理想世界给你，他还有很多的想法藏在里面。他这位漫画、动画双全的艺术家，那7本《风之谷》的漫画实在很有深度，而老少咸宜的动画《红猪》，有艺术、有思想、有关怀。"他说，"他对人类的行为有很多的无奈呢，只是没有很清楚地讲白，这不就是艺术吗？"

史蒂芬·霍金是他高中时代最迷恋的对象，除了搜集霍金本身的著作，也搜集研究霍金和其他任何相关的资料。有一次，芝加哥华文作家协会邀我去演讲，要我也带儿子过去。他到了那儿只忙着跑图书馆，中、英文都在找"霍金"、读"霍金"。

最近两年，我到多伦多，发现家里有关罗马的资料不断增加，包括 TV series HBO's "Rome"、Mike Duncan's podcast "The History of Rome"、"Roman Lives" by Plutarch、"Emperors of Rome" by David Potter……跟他聊天时，只要我愿意听，这个平时不爱讲话的人，立刻滔滔不绝大谈罗马兴亡史。还告诉我：现代人类如何在重蹈罗马覆辙……

这次我来，他仍然是"罗马专题"，不是看计算机就是看书。有时，他躺在沙发上，悠闲地倾听CD，很像中国的说书，内容也在说罗马。

从小看到大，我心底暗暗地想：凡是他爱上的"题目"，总是非常用劲地搜集资料，用研究般的态度去理解、去玩赏，这种特质很适合做学者。他也曾经想走这条路，我虽然没有明显反对，却时常大力赞赏加拿大人重视平凡生活中的各种趣味，休闲在他们生命中乃不可或缺。

　　他后来放弃研究之路，不知是否跟我的"洗脑"有关。不论是否，我都高兴。我宁愿他在休闲生活中，带有一点专业精神，也不要他在专业工作中，像机器人般毫无休闲生活。

漫画梦

他跟我一样，从小就喜欢漫画。我不认为这是遗传，小时候没有娱乐，当时流行《漫画周刊》，我只不过跟随潮流罢了。

他对漫画却一直很执著。我非常遗憾发现得太晚，小学时只想到让他学珠算、计算机之类。

国中时，我的朋友每周都买《少年快报》，看完就丢在我家，儿子跟着成为忠实读者。当时我想，用来休闲、疏解压力也不错。

当我们要移民多伦多时，行李总共只有5件，其中一件就是他收藏的动漫画。

"你到底喜欢漫画哪些地方？"

"最早看漫画是消遣和幻想，不知什么时候开始喜欢看西方电影，觉得看完后还会想很久、想很多。有时再看一遍，就想到更多东西，觉得很有意思。后来发现很多动漫也有同样效果，就迷上了。"

"你以前喜欢的3D绘图跟这些有关系吗？"

"你看不出来吗？大四时我对学校功课已经不在意，我全力专攻'计算机动画'。这是很久以前就想修的课，一直没机会。在这门课里，我有很多空间可以发挥。"他说，"学期末有个动画比赛，那时候，每个周末我都在准备这个呢！努力没有白费，比赛拿到第二名。"

"你都没有告诉我，真讨厌！"我敲他一下，"什么事，都得我问你，才说。"

"那我现在告诉你，在那时候，我就确定将来如果要写程序，一定跟动画有关。"

大学毕业，他去了日本做漫画家。我其实非常怀疑：要当漫画家何必亲自到日本去？只是借口吧？他在日本一年多，我每次去看他，都在画漫画。没想到，去日本的结果是他终于放弃了漫画梦。

不过，并没有放弃绘画，他下班后参加绘画班。前年我到多伦多，看到书架上、地上都是他一卷一卷的画作。我们本来是"家徒四壁"，现在也挂了许多各色绘画与摄影。

"找到一个梦，感觉自己有些同质细胞，于是开始寻找自己的潜力。"我跟他说，"最终放弃这个梦，并不代表失败，而是发现那不是自己真正想要或能要的。也或者，发现这方面的极限……总之，原因很多。但只要曾经尝试与努力，整个过程都会充满趣味。你应该不会后悔花了那么多精力吧？"

"漫画如果变成我的职业，你一定非常紧张，对吧？"

"你真了解我！"我捶了他一下，"但我也不会阻止你，只是会非常担心。"

"现在，绘画成为我生活的休闲，你我都满意了吧！"

亲昵方式

　　小时候，他是出名的连体婴，不论在哪里，总是紧紧黏着我。10岁时，我们在长江三峡游轮上，有人好奇地问他："你长这么大还黏妈妈啊？"我看他难为情，立刻解围说："台湾的孩子都是这样的啦！"

　　自从他在小三时移居父亲家后，只在周末回我这里，表面上他日渐长大，其实是逐渐保守，和人越来越有分际，母子的心逐渐有了距离。最严重是高中考试时，完全拒人于千里之外。

　　我万分痛心，绝不相信他不需要亲情。我每天尝试新方式想融化他，虽然终于攻破他的"心防"，恢复早年的信任基础，但在行动上他已不再跟我亲昵。

刚到多伦多的日子，他背负着沉重的功课压力，每次一用完餐就直接转到计算机桌，我们唯一聊天的时间就是晚餐正在进行的时候。

偶尔饭后，他没离座，我起身收拾碗筷时，他会帮一点忙，再去做功课。后来发现，他没离座，是想继续聊天，如果我坐着没动作，他静静坐着也不走，这时我就得想办法跟他聊。

每天要想新点子很辛苦，顺口乱掰最方便："学校作文题目有写过《我的母亲》吗？"

"没有，为什么？"

"如果出这个题目，你的开头可以这样写：我家有个疯婆子……"

他说："接着写：她很善良。"

"哇！你对我这么好！"我高兴地跳起来。

"我还没有写完……"他说，"她时常装疯卖傻要逗她儿子发笑。"

"你看，有个三八妈妈多好！"他终于比较合我的胃口了。

有一天我得陪朋友出门，且过一夜。我准备了很多食物给他。

"一个人享受整个空间，很好吧？"回来时，我问他。

"不习惯，"他微笑说，"因为没有人吵我。"

平常果真都是我在闹他，他几乎不主动说话、不要求任何东西，一个不小心，他就掉回那过于无声无息的沉静里。所以，每一次晚餐后，我都很用心"感应"一下他是否想聊天。就这样，有时一直聊到十点多。

这是他青年期亲近我的方式。这方式并不是我期待或者努力促成的亲子关系。我总希望他活泼调皮一点、主动多话一点，甚至可以抱怨一些、嚣张一下。但他不，他在少年期就格外文静，如今则是含蓄内敛、惜话如金，有时我得注意并猜测他动作背后的意义，偶尔不免偷偷叹气：做这种猜谜妈妈好累啊！

换一个角度想，这样的亲子关系也很好，只要谈到稍微有深度一点的话题，他俨然就是一个可以谈心的知识分子。大学毕业后，他的常识学问都比我丰富，聊起来，我总是有很多知性收获。他以他的方式亲近我，我应该很高兴地接受。

给你的信

　　知道你跟杰夫一起去享受法国大餐，两人都很满意，我几乎也分享了你们美食的快乐。

　　你昨天问得好："你这么实际的人，怎么会鼓励儿子过有休闲、有情调、有品位的生活呢？"

　　主要是因为你工作时间太长、坐在计算机前太久，平常休息就不够，周末又很少安排休闲活动，每年也没出门旅游，我才会叮咛你要讲究生活质量。

　　你一定会问我："照这样看，你自己的生活也没有质量啊！"

　　不错。我的生活缺乏质量，跟我生长的环境有关，我长期处在没有权利选择生活方式的环境里；而你，不一样，你可以选择要过怎样的生活。

我完全不期望你有任何地方跟我一样，你只要像你自己就好。不论我过怎样的生活，有怎样的观念，我都不会用我的价值观去要求你。

我希望你过有质量的生活，只是一个大方向；就像，人要活得有意义一样。这是人类普世共同的价值观。

在我小时候，全台湾都穷，大家过穷日子并不觉得辛苦，但经常做金钱的奴隶而不自知。比方说：为了供给妹妹伙食费，我的大学生活除了上课就是当家教。结婚后，一边念书一边教书，除了自己的家，还要供应两边婆婆的家。当时的条件只能做到衣食温饱，不得不重实际。我一生最大的希望是可以全力专心读书，可是，从大一开始，我就再也没有这个机会。

大学毕业后，不知为什么，社会上有许多工作找上来，你知道我是不擅拒绝的人，手上不断接了一件两件，后来是同时多件工作，弄得我被工作追着跑。生活一直毫无质量，我自己却不知道。

等我发现时，已经太晚，生活习惯几乎已经定型。比方说，我总觉得出门旅行太花钱、太浪费，在阳台看风景还不是很漂亮——结果，我也很少站在阳台上。

我完全不希望你像我过去那样忙碌、有压力、无法休息、睡眠不足。我对你最大的希望是：有工作、有努力、有进步、有休闲、有享乐。这样的生活要如何安排，需要你自己试探、慢慢寻找。希望有一天，你到我这年纪时，很满意自己的生活，这才是成功的人生！

有很多人，天天都患得患失、怨天尤人，这是失败的人生。看看我们身边有多少这种人啊！他们永远都不快乐呢！

至于你要从事什么职业、薪水高低、工作地点……完全由你自己判断决定。如果你喜欢的工作，别人认为很差，完全不必在意。如果你觉得不满意，你应该努力调整。如果是别人给的压力要你改变，你就不免会反弹，至少有许多不情愿的心理。这些都需要你自行克服。

你年纪还轻、生活经验不多，对于自己的性向还无法清楚掌握，所以，你未来要怎么走？是必须慢慢用心琢磨的课题。也许我们慢慢讨论、慢慢研究，会找出最适合你走的路。总之，我对你最大的愿望是——永远过着自己满意的生活。

儿子忽成年

在他高一下学期，生活及学业都已经完全进入状态时，我问："现在我可以留下你回台湾一下吗？"他立刻说："不行！"

多年后，他上班了，我打电话："这个暑假，你需要我过去吗？"

"随便你啊，你想过来玩就过来。"

"我去你那里，何曾玩过？只是煮饭而已。"

"如果你是为了煮饭才来，你就不要来哦！你不是常常劝我要为自己而活吗？你早该为自己了！"

"喔，你真的长大了。"

我对孩子平常没有什么要求，反而是多伦多结交的朋友，经常要我对儿子这样或那样。比方，他一考上大学，就叫我买保险套放在儿子皮夹里，说："大学生都乱来的！你千万不要做未婚奶奶。"

他开始上班时，大伙给我意见最多的是要让孩子经济独立，他要管理自己的经济。我实在"逼"不得已，跟儿子商量，他本来就没什么概念，也就立刻接受。

令我意外的是，再到多伦多，明显感到不一样——我已经不是当家主人，他这个单身汉才是一家之主。信箱由他开启，大厦管理费、房屋税……全部转到他户头扣缴。我最像客人的是——家里东西摆放的位置不但变了，连内容也不一样。我的大同电饭锅不知被藏在哪里，厨房里许多我不认得的瓶瓶罐罐。柜子里摆着意大利面条、通心粉……

他又有省钱招数，第一招是停掉电视台；第二招是退掉电话，他用手机更方便；第三招是把地下停车位、储藏室都出租；第四招是不请人打扫。

在日本变身的绅士，现在已是一名简单的单身汉——每天穿着那双老旧皮鞋、同一件破牛仔裤。有一天，他跟朋友去泛舟，回来时长裤又脏又破。我说："留下来，让我明天洗了吧！"

"不行。"

"为什么？"

"我只有这一件。"

"那我们去买新裤新鞋。"

"不用。"

他明明无意要嬉皮，只是过于简便成了这个样子。棉被已经用了十多年，总是被我丢进洗衣机乱洗乱烘，冬天既不暖、夏天也不凉了，要他一起去换新，还是拒绝。

让我啧啧称奇的是：早上再也不用我"叫床"。他用手机在起床前一小时设定一节短短的音乐，让他可以悠悠醒转，一小时后才有铃声叫床。有时，我开门看，只见他坐在床沿、抱着棉被，万分痛苦地挣扎着，然后慢慢起身去洗澡。

"早上时间这么赶，你何不睡前洗澡？"

"早上洗澡脑子才能清醒。"

洗澡时间我正好准备他的早餐。即使洗澡也洗了脑，他的早餐食量还是很小。跟他说话，他怕我生气，把苦瓜脸勉强撑成有皱纹的西瓜。我实在不理解，早晨苏醒对他竟是如此艰难！

他长大，我可有点失落感。想起以前，找不到牙签，还打长途电话问我放在哪里，顺便再聊一聊，这种感觉多温馨。

"我真舍不得你长大。"我说，"看到桌垫下我们一起去九寨沟的旧照片，我坐着，你站着，你搂着我的肩，我揽着你的腰，两人头靠头，这种镜头永远不再有了。"

"你可以再生一个。"

我重重捶他一下。

"你还可以接受让我煮饭吗？"

"你做的食物都是爱心餐，我可以接受。"他说，"你的缺点是什么事都替我打点好，让我没有机会长大。"

"我不在多伦多时，你不是都靠自己吗？"

"你虽然人在台北，却老是怕我吃得不健康、钱不够用。我说要去旅行，你就问要不要金援……这些就是啦！"

"原来如此，以后我忍不住要金援你的时候，请立刻提醒我、阻止我。"

他无奈地说："可是，我还没有伟大到可以拒绝诱惑啊！"

我却哈哈大笑："好，我会努力改过，让你完全长大。"

小弟探亲

在我们抵达多伦多三个月后，任职飞机驾驶的小弟特地把班排在经过多伦多，不只来探望我们，还替我把台湾的计算机、衣服等家当带过来。

为了迎接来访的第一位亲人，我非常用心地做了几道菜等候着。小弟终于到了，却因时差没调过来，第一个晚餐时间都在熟睡。第二个晚餐，我尽全力做菜，依我的水平来说，算是满汉全席，他居然还是睡觉。我实在舍不得辛苦努力的手艺没人欣赏，把他叫醒，他迷糊吃了一口又睡下。

小弟离开后，儿子恰好两天不在家吃饭，我只好孤芳自赏，把所有的杰作全部下了肚。

可怜的小弟，他为我带太多东西，就没法带自己的外套，没想到多伦多极冷。他离开时，我要他穿上儿子的皮外套，等进了地铁再脱下还我。没想到在地铁匆忙分手时，两人都忘了。我走出地铁才想起，立刻狂奔回去，守门先生叫我看电视屏幕——眼睁睁看着小弟悠闲地上了车。

回家后，我非常难过，儿子只有这一件厚外衣，明天上学就无法出门，这是周日，赶去买衣服也来不及……正伤心时，忽听开门声，只见小弟把皮衣一丢就跑，我说："你穿上衣服我再送你去车站。"

"不必，我跑回来已经全身大汗。"

竟然还是赶上了飞机，他在机场打电话回来，让我安心。

第二天，我发现儿子写英文作业写得飞快。

"你在写什么？"

"流水账。"

"为什么要写流水账？"

"补习老师要我写日记，我原来写的都是有关电视影集的感想，老师要我改写流水账，说这才是日记。"

我记得很清楚，这是我偷偷拜托补习班加重他功课的结果。

"写电视影集的感想要花很多时间去想，可是流水账很简单，所以写得很快。"

我拿过来看，竟然写小弟来多伦多的事，内容真爆笑，特地传真给小弟。

小弟探亲，像旋风一样，来得快、睡得沉、走得急。我们几乎没有讲话的机会。他是我们手足中最重视情谊的人，却从不用语言表达。他的行动、他的作为——孝顺父母、疼爱妻子、友于手足、关怀朋友、热心公益。劳碌的小弟，永远都在照顾别人。

　　小弟常使我觉得遗憾——遗憾没有机会回报他。

四妹"探监"

　　母亲育有8名子女，各生下一两个孩子。在台北时，每周回娘家相聚，总是热闹得快掀翻屋顶。基本上，没人舍得搬离台北，否则就相见难。而我竟然飞到多伦多，怎么不叫手足挂念？

　　姐妹嘘寒问暖的信件不断，是理所当然。万万没想到，跟我一样什么都不会的四妹，过年时要带着儿子威威、女儿臻臻来多伦多看我这"苏文"是否真的认真在"牧犬"？

　　我和儿子没有车、不认识路，我们哪里都没去过，冰天雪地里，要如何招待他们呢？

　　他们真的来了，我把他们从机场接回家。

不知为什么，小弟来探亲，只想睡觉；而他们这一家，全体都在高度亢奋状态，每天都不肯睡觉。

这次探亲，跟探监差不多，我们哪儿都没去。

每天，我们都在家，大人聊天，儿子做功课，威威到处翻他的筋斗，臻臻喜欢落地窗外的风景、看多伦多的英语电视。下午就出门在家附近散步，这就是他们的"观光"了。冬天有雪，已经够威威玩，臻臻也捡拾雪花，大人只是边走边聊。

这样的观光，他们全家每天都欢天喜地。而我，可是昏天黑地。每天我都没什么机会睡觉，还要苦思如何准备五口之家的三餐。到了最后一天，威威、臻臻兴高采烈地宣布："今晚舍不得睡觉，明天在飞机上再大睡！"

简直是宣判我死刑！熬到半夜三点，实在撑不住，我去睡了，六点又赶着一个个把他们叫醒，再送去机场。

回到家，我瘫痪在地毯上，动弹不得。

隔两天，接到妹妹的传真：

相聚的几天真是匆忙、充实、充分的快乐，这就是和自己关爱重要的人相处，不管在哪里都是愉快珍惜的，其实我们以前在台北相聚也都是快乐的，这次在异国，处处新鲜又好久没聚，是大不相同的兴奋。看到小澍的成长开朗、你的幼稚活泼，真是可爱。你穿着小雪靴，背小书包，戴帽子（有滚边的毛毛的），好似幼儿园中班。你的言语、年轻的动作，可爱极了……回来这两天睡得好，感觉好久没睡床了，在你家睡地上不是床，飞机上的椅子更不是床……

真是叫人哭笑不得的家书，竟说我像幼儿园中班，原来苏文牧犬，缩水这么严重。我背的"小书包"就是我买东西"载货"的背包。

想起三年前，我专程陪她及威威去香港玩。我这路痴做导游，只是不断地在弥敦道上迷路，找不到回旅馆的方向，还问了四五次路人，大约迷路了40分钟后，威威发现我们又回到最初的原点。他如果不说，我和妹妹肯定完全不晓得。这个大发现，又使我们全体笑弯了腰。整个香港行，除了跟好友陈娟见面，由她带我们去海洋公园玩一趟。之外，全都只是不断开心的迷路、笑自己的糗事。

回台湾后，四妹竟然说，她这一生，所有旅游，香港行最开心。

对四妹来说，去月球跟去琉球观光完全没有什么差别，差别只在一起去的是什么人。

亲情是人间必然拥有的情缘，如果珍惜它、享受它，必然感到生命温润有光。

在家的感觉

　　我的天性应该是贪玩的，却一生都被身边事情捆绑得动弹不得。我总是想：赶快做完这件事，就可以休息玩一下。不知为何，永远有做不完的事追着我，生命的酸甜苦辣轮番上阵，全都来不及感觉就又被推着往前奔跑。许多人以为我积极，其实只是性急。

　　直到我们母子住在多伦多，无亲无友同时也是无业游民，儿子天生安静、喜欢在家，我终于有机会过着单纯悠闲的家庭生活。

　　加拿大人，包括住在这里的台湾人，都有休闲度假的习惯。认识的朋友知道我不会开车，周末总是邀我们一起出去玩。在这里，连一个小公园都大到要开车才能玩遍。周末，我们去野餐、走小径、坐船，最远到过北部渥太华旅游。

儿子渐渐交了朋友，周末改成跟朋友出门，大多是一个晚上的休闲就回来。我明明爱玩，却因他不再跟我的朋友一起出门，而他的休闲仅一个晚上，只有在儿子和我同时各自出门，我才觉得开心。当他在家时，我就失去独自出门的兴致。

渐渐的，我觉得两人在家的感觉真好。就此而言，我们住在多伦多或者台北实在没有什么不同。许多人担心我在多伦多会寂寞，其实哪有时间寂寞？

我时常跟他说："时间过得太快了，一天没做什么就过去了。"

"那表示你很忙，不寂寞。"

"当然忙啦！每天都得想三餐要做什么菜，食物要健康、做法要有变化，怕你吃腻、怕你吃少。我正在学习节省力气的做菜方法。"

"你已经够省力了！还要怎样？"

"你怎么知道？"

"你好像机器人，每天六点洗菜，再吸尘擦桌椅，六点半开始做菜，四个炉子加上电饭锅、烤箱……同时动员，半小时就开饭。没看你花什么力气啊！"

"我说的力气包括精神，你晚餐吃得最多，所以我每天要做四至五道菜，加上一个汤，你几乎全部吃光，剩下的就是我第二天的午餐。要无中生有想出这些东西难道不花精神？"

"你不用那样辛苦，反正你怎么做，我都会吃你的爱心餐啦！"

　　"可是，我还是想用心一点，实在是以前烹饪水平太差。"

　　"老实说，这么久了，也没见你进步多少。还是省点力气，我吃就是。"

　　两人在家面对面，过于单纯的生活，我要更用心在相处时，每天都想办法，不是闹笑话就是说笑话，嘻哈一阵，让他活络一下。如果他开心，餐后就会留在餐桌继续聊天。

　　他上班后，咱们仍然过着聚少离多的日子，但我已完全没有经济压力，每次相聚，更加珍惜在家的幸福感觉。

　　落地窗外是连绵的独栋House区，蓝天白云镶嵌着远处林立的高楼，每当我临窗而立，口中就不知不觉哼着小时候的歌：我的家庭真可爱……

平淡的福分

　　黄昏时分，我们散步到邻居后院，看那三只可爱的小松鼠，咱们边看边聊天，聊得很开心。我打算回家时，他又主动说去打桌球，我们乃打到九点。

　　"明天不是暑期课程的期末考试吗？"我终于忍不住问。

　　"不用准备，是考实力的。"

　　"喔，你对自己有信心。"

　　第二天问他：考得如何？

　　"还不错。"晚餐后，我一个人又朝松鼠方向走，他也跟过来，我们又开始聊天。

　　"你喜欢你的人生是高潮迭起还是平静无波？"

"平静无波？那不是很无聊吗？"

"那你承担得了高潮迭起的撞击吗？"我说，"有人屡败屡战、越挫越勇，最后有人成功、有人失败。也有人从高峰一下子跌落谷底，就再也起不来。还有人一生夹缠在大起大落之间，像坐云霄飞车……这些，历史上、现实里有太多各种各样的例子。"

"我也没有选择想要怎样的机会啊！"

"没错。"我说，"只能用心准备一个健康的心理，面对我们的未来。命运无法预知，即使你主动选择平平凡凡的人生，命运未必就不给你惊涛骇浪的际遇。"

"那我到底要怎么办？"

"如果遇到高潮迭起的生活，就要从遭遇中学习成长，成熟的人到最后总是选择平静无波。"我说，"所以，平淡是从繁华中淬炼出来的，如果一生从头到尾只有所谓的平淡，那只是平乏无味而已。"

"我是从热闹繁忙的压力中走过来，最后才知道单纯宁静淡泊的可贵；我也承受过浓稠的爱欲情仇，最后只觉得云淡风轻真好。"我说，"这些，对你来说，都言之过早。我目前的想法是——懂得享受跟你相处，感觉很温馨。"

"可是，你还是得回到以前的工作啊！"

"工作内容可能相同，面对生活环境的心态已经完全不一样了。"我说，"如果命运没有让我们出来走这一趟，我可能没法悟出这个道理。"

"我以为只有我有极大的转变。"

"我们离开时，你完全不知道，我把我们台湾的'家'全部'消失'掉。房子租给别人，电话、家具、书籍，全部都消失了。我们在台湾失去了地址。"我说，"出来时，也故意不带朋友们的电话地址，觉得这样自然消失比较好。你说，这是什么意思呢？"

　　"我们要过完全不一样的生活。"

　　"是的，但会是怎样的生活，我完全没有把握。"我说，"我带着你，做了生命最大的冒险。如果失败了，我们只好回台湾，被人耻笑——这个，我不在乎。我只怕耽误你的前途，或者让你受伤更重。"

　　"我觉得我过得很好。"

　　"当然，我们终于渡过难关了。"

　　回到家，晚餐后，我们又聊起来。我说："你真的没什么缺点了，以前唯一的缺点是懒，现在早上会自己起床了。"

　　"人总要有一点缺点嘛！"

　　"说你没缺点只是针对我而言。面对社会，你要学习的还多着呢！"

　　"还要怎样？"

　　"例如你跟外人接触，亲和力要多努力。"我说，"你本身温和，照理已有亲和力，但是你太被动、太没技巧，稍稍注意一些就会进步很多。我们不必谄媚别人，但对自己喜欢的人，不要失之交臂。对人生的要求不必多，只要让自己生活在一个平淡有情味的环境里，就很好。"

成　长

　　"你曾想过，为什么在台湾不肯读书吗？"

　　"读不下去。"

　　"在青少年的叛逆期，你用不读书来反抗，你知道在反抗什么吗？"

　　"不知道。只是不快乐、不想读。"

　　"补习班老板跟我说：'你有没有发现，Chester从刚来加拿大到现在，由小孩变成一个大人了。'他没说是身高体重还是心智精神，我想是他整体的感觉。"我问："为什么才一个多月，别人看你，就从小孩变成大人？"

　　"不知道。"

"因为你成长了。成长不只是指身高体重，更重要的是心态与心智。"我说，"成长的过程就是慢慢认识自己是怎样的人：包括自己的个性、喜好、天分，找出自己天生的优点与缺点。凡是愿意成长的人，就会努力发挥自己的优点，努力克服缺点，慢慢走向心中理想的'自己'，人生的过程就是要不断地成长。"

"教书以后，特别感到孔子的话时常颠扑不破。吾十有五而志于学，三十而立，四十而不惑，五十而知天命，六十而耳顺，七十而从心所欲，不逾矩。"我说，"像孔子这样的伟人，他归结自己的一生，15岁开始立志求学，到了30岁心智成熟，已经可以独立于世间，40岁时可以看清人间百态，50岁时理解形而上的宇宙哲学。到60岁，心胸开阔能够接受各种不同的立场、不同的意见。70岁时，他随心所欲地做任何事，都不会逾越规矩法则，这个阶段可真是修养到家了。孔子72岁去世。这里又可以跟他另外一句'朝闻道，夕死可矣'配合起来看。我们追求成长、追求真理不但永无止尽，而且在追求的过程中就充满成就感，所以说即使早上领悟到真理，晚上就去世，也是值得的。孔子自己的人生似乎也见证了他自己的说法。"

"你好像在上课哦！说这么多，跟我有什么关系呢？"

"你以后就会理解。总之，以前你拒绝成长。现在，你已经面对自己、开始成长了，只是你还不自觉。走在成长的路上是快乐的，你不否认现在比以前快乐吧？"

"嗯。"

"不读书不只是叛逆的方式之一，还包括不肯面对自己、不肯面对所有的事情。能逃就逃，这就是颓废。"我说，"从不读书到肯读书，是一个关键性的成长。从前途茫茫到拥有理想，又是一个关键性的成长。恭喜你——目前拥有理想。"

"我还不知道将来要做什么呢？"

"那一点都不重要。你目前不是很喜欢电玩吗？你不是很偏爱《星际奇航记》吗？你不是喜欢想破头都摸不清的电影吗？你不是很喜欢3D绘图吗？……你有这么多有兴趣的领域，表示你可以朝任何一个方向发展。例如你可以成为电玩游戏程序设计师，做电影里的3D绘图，你甚至可以读哲学、物理。"我说，"只要你对目前学习的东西有兴趣，将来要走哪一条路，真的不必急着决定。等到你再成长一些，就会自然出现的。所以，再次恭喜。"

开 心

　　好一阵子，不论在车上、路上，甚至工作中，脑子里经常浮现你的影像，内心立刻欢动起来。想着，远在地球的另外一端、16小时的飞机行程、12小时的时差。啊，儿子，我们分居在地球上最遥远的物理距离。可是，我的心时时热络着，好像你就在我眼前，跟我谈科幻、动画、电影、小说……

　　作为母亲，我有很多缺点，不知为什么，你从不挑剔。记得你念小学时，我问："你认为妈妈什么地方做得最差劲？要改进？"你想了想，没说话。我很诚实地说："照顾小澍最差劲啦！"你笑说："应该说最尽责了。"想起来，我就感动着。

我经常问一些很无聊的问题："自从你回来之后，我就觉得自己老了，你猜为什么？你一定猜不到的。"

你笑着想了想说："因为你要照顾我，太忙太累。"

"不对，就知道你猜不到，因为你在这儿使我发现你真的长大了，有这么大的儿子，当然衬出我老啦！"我经常立刻又转一个话题："还有，你认为我希望你不用功、用功、很用功，还是极用功？"

"不知道。"

"不能说不知道，你是最了解我的人。"

"不太用功。"

"哈，世界上哪有妈妈希望自己儿子不太用功的？"

"你不是常常叫我要多休息、多出去玩、多交朋友吗？"

"老实说，你要不要用功，我都没意见，你现在这样读书，我很满意。不错，我更希望你活动一点，不要整天坐在计算机前。"

2000年3月，我谈到梁实秋跟梁文蔷父女间的感情实为人间少有。我说："世界上也很少有母子间相处像我们一样没有给对方任何压力吧？"

你还没回答，我立刻套用梁实秋女儿的话说："你一定会说别人家的事，我怎么知道呢？"

"我正要说呢！"

"世界上完美的母亲也不多，胡适一生受母亲负面的影响可真多。你找得到一个完美的母亲来让我学习吗？"

你想不出来。我连连地逼，你终于说："与其要求别人好，不如要求自己好。"

"喔，好有哲理的话。那你为什么不努力让自己变得很好呢？"

"我想过，但像天方夜谭，很难。"

"其实，每人都有永远改不完的缺点，儒家说的'止于至善'是一生的功课呢！"我说，"只要缺点不会伤害到别人，换另一个角度看，有些缺点其实是优点。"

"为什么？"

"例如，我觉得你的缺点是太安静、太内敛，但别人可能觉得你很文雅、有教养。"

"又如，你对我从来没有任何要求，这是你善于包容的优点；可是，从来没人提醒我，使我没有改进的机会，反而是缺点。每个家庭多多少少都有这些问题。"

你居然说："亲子关系就像政治一样，从来没有完美的成品。"

"那么，在你身边，你所见到有没有比较好的例子？"

"我们就是了。"

哇！我的心，立刻像苞米花般蹦蹦跳跳得好开心，好满意！

烹饪哲学

我一直不相信烹调需要才华，我认为只需要耐心。

对于烹调，我只用心在健康上，从来不讲究口味。所谓美食，通常只是加了很多有害健康的调味料，讨大家的口感，却让人吞下一肚子毒素。

只要儿子在，前一夜我会先想菜单，把该解冻的东西从冰库取出，每次都算好儿子到家前半小时开始"炊具总动员"，让晚餐准时完工。

在我的饮食"哲学"里，人肚子饿了，自然不挑食，天然食物本身就味道鲜美，吃个七分饱就会自动休兵。加料的美食只会让人吃到撑还停不下来，这不是慢性自杀吗?

对于食材，我只注重新鲜与营养价值。遗憾的是，再上等的食材到了我手下，都只能保有原味。烹饪时，对于调味品，我特别斤斤计较，几乎什么都舍不得放，烹调时间也认为越短越好。

在台湾时，有一天正值晚餐时间，司马中原突访我家，只好请他便餐，他吃了几口，就说："你炒的青菜，好像生菜色拉。"

从此，即使他饿倒在我面前，也不做菜给他吃了。

老友王抗一直处心积虑、苦口婆心从四面八方想攻破并重建我的烹饪哲学，我可是从来不动心。所以，两人如果同时在家吃饭，往往是他嚼他煮的食物，我吞咽我做的饭菜。

要去多伦多之前，王抗动之以情，要洗我的脑袋："你对儿子好一点嘛，我教你几道非常容易做又很健康的菜，好好款待你的宝贝儿子。你不是最疼他吗？"他不间断地口授，我压根儿没收进脑袋。

到了多伦多，我们仍然过着熟悉的家庭生活，儿子仍然消化着我发明的早、晚餐。每逢周末，儿子挑选一家他喜欢的餐厅，我们共进一次外食。

这一次，我特别发现儿子在餐厅不但吃得开心，而且食量惊人，他在家里吃饭——尤其面对我那十谷饭——总让人觉得有点吞咽困难。我一时动了恻隐之心：我一直这样虐待我的儿子吗？外人见了还以为我是后母呢！

想起刚到多伦多时，洋人超市里任何食材都是又大又多，像要喂猪般，一大捆一大捆地卖。挑那最小的一捆回家，每天烫这青菜一个星期还吃不完。

那些日子，我可怜的儿子每天乖乖扒着饭、夹着菜，吃得少少。当他打开冰箱倒一杯牛奶来"下饭"时，我就知道整桌的食物失败到极点。

我一直没有改变我的烹饪哲学，实在是因儿子从来不曾抱怨。我确实思考过，是他修养好到能如此逆来顺受，还是无可奈何地接受"人没有权利选择母亲"的宿命？也曾经老实问过儿子，他竟笑笑说："还好啦！"

想起王抗的一片好意、儿子的长期包容，深深感到自己同时辜负了两个人。于是，打电话请王抗口授菜方。

就这样，我开始了第一道"烤南瓜"。那天，已经是成年的儿子在晚餐桌上，开心地轻叫："哇塞！真的很好吃耶！"

这可能是养儿子20多年，他第一次"享受"我的烹调。

* * *

烤南瓜成功之后，我的兴趣大增。再次打电话要王抗跨海指导。

"我有一小块去骨的鸡腿肉，要怎么做？"

"那就做一个冷盘鸡吧！"他说，"冷盘鸡一般都是做整只鸡。不过，你还在实习，用一小块就可以。"

"先请问你，你家有姜、葱、麻油吗？"

"有，有，有。"

"那你就听着……"

岂止葱、姜，我家还有辣椒、蒜头呢，不用白不用，真想也加进去。不过，既然拜人为师，他怎么说就怎么做才是，我乖乖亦步亦趋做将起来。

没想到，要加麻油时，到处找不着。我刚来三天，不知何时被用光了？只好立刻跑出门，附近只有韩国店可能有，我面对写着韩文的瓶瓶罐罐找了半天，才看到像汽油桶般的大桶，上面居然有中文"麻油"两字。我抱着它问老板有无小瓶装的？她居然打电话去问，之后告诉我往南边的另一家店有。我再奔过去。在架子上找到有点像的一个小瓶，又看到一包芝麻，我抱起两件去问老板，那油是否是用芝麻做成的，她笑说"是"。我欢天喜地再冲回家，继续我的工程。

一小块鸡肉，完工后，得放在冰箱里，我实在不太相信它适合冷食。

这天儿子加班，晚上十点才到家。他说已吃过晚餐，直接走向计算机桌。

我走向他："台北朋友教我做一个冷盘鸡，你要尝一口吗？"

"好啊！"

我从冰箱拿出鸡肉，切了三小片给他。

"咦，很好吃！"

"还要不要？"

"要。"

把鸡肉全部切出来，"再来碗青菜汤加烤面包如何？"

"好。"

他一扫而空。

原来说已经吃过晚餐，看这样子，一点儿都不像。

当他吃得津津有味时，胃的空间自然变得很有弹性。我一时迷糊起来：究竟吃得健康比较重要，还是吃得快乐比较重要呢？更重要的是，两者之间应该有平衡点可以掌握，而我这个专业家庭"煮"妇像个偏执狂，过去老是坚持自己的哲学。

10年前，刚到多伦多，家里附近的日本、韩国小号超级市场，对于里面的东西，既看不懂文字，又出现太多陌生的玩意儿。后来朋友带我去洋人超市，更多陌生的青菜，我只好冒险乱买，似乎每天都在发明古怪食物，只因儿子不曾嫌弃，一直因陋就简地"煮"下去。而今过了十多年，我丝毫不求进步，还用什么烹饪"哲学"来掩饰自己的愚蠢。

我想起，有一次跟朋友全家一起聚餐，儿子拿起饭碗说："这是我在加拿大第二次吃到白米饭。"我应该注意这是儿子不抱怨的抱怨吧！

就这样，固执多年的"烹饪哲学"，竟然在地球的另一端，被王抗用电话线给轻易地破了功。

糊涂老妈

说我糊涂，也许有人不相信。那是在外头的时间少，漏底的机会不多。

在家里，一天24小时跟我相处的人，心脏总得坚强点才行。

我喜欢过规律的生活。偏偏儿子每周上课时间换来换去。如果一天早上11:30上课，另一天就8:45上课，不论星期几，就两个班次轮流上，已经弄得我头昏眼花。如果第二天11:00才上课，他前一夜就很晚才肯上床，弄得我每天睡眠时间都不固定。

有一天早上八点多的课，我五点多被传真机吵醒，就再也睡不着，起来看书，8:00唤他起来吃早餐送他出门。我累了想躺一躺竟睡着了。醒来，一看表10:00，跳起来大叫："小澍！糟了，忘了叫你起床！"一看，床上空空，没想到他这么乖，居然自动起床上学，等我完全醒过来后，才想起是自己昏头了。

晚上讲给他听。

"哪这么迷糊的事？"

"一点儿都不奇，我有前科的，"我说，"小学时放假日，如果不小心午睡，醒来看见外面天很亮，一定立刻抓起书包就冲向学校。"

那天和他出门，一进电梯，我以为忘了东西大叫一声，他立刻再按开电梯，我才发现东西已拿在手上，他哭笑不得的样子倒真让我开心。

隔天，我整理衣服时，雪白的上衣一时没挂好，掉下来，我尖叫一声（丝毫不知道自己尖叫）。后来我走到床边，躺在床上的他悠悠地问道："你刚刚撞到什么东西啦？"

"没有啊！"

"那你为什么惨叫？"

"喔，是衣服挂上又掉了下来。"他无可奈何地笑了起来。

有一天中午，我做了一道麻婆豆腐，竟然忘了拿出来，洗碗时才发现。跟他说，只听到无奈的叹气声。

晚上聊天，我说："我是个急性子、脾气躁的人，不过，你对我的坏脾气倒是相当包容。"

"有吗？我倒没有觉得过，也许我很迟钝。"

我是指当初陪他考高中时，两次教训他的态度，我话都说得很急，且明显责备他，他都低头没说话。

"那就感谢你包容我的粗糙与糊涂。"

"我不知道你的糊涂，到底是真的还是假装的呢！"

"为什么？"

"因为太夸张了，不像是真的。"

"我跟别人相处时，常要注意自己角色的分寸，所以一定不会这样；但是，跟你在一起，我完全放松、完全自在，你从不嫌我，所以糊涂就会自己冒出来啦！"

"那你到底喜欢做怎样的人？"

"郑板桥说'聪明难，糊涂尤难，由聪明转入糊涂更难'，所以他题'难得糊涂'四个字成为千古美谈。我没能达到他说的高等糊涂境界，只是喜欢跟你在一起，能够自由自在地随意糊涂！"

我接着说："你为什么不也这样呢？"

"怎样？"

"在自己家里，放任自己，你想怎样就怎样！"

"我已经这样啦。"

"可是，你都没有什么声音……"

"有啊，我会放音乐。"

"喔——还是只有我糊涂。"

最近跟他聊起这些早期笑话，他笑说："对喔，最近怎么没发生了？"

我说："都是你啊，你老是过度文质彬彬的，把我硬是'陶冶'得也斯文起来了！"

日本行

　　他从小接触日本卡通、漫画，一直都喜欢日本。长大之后，喜欢日本料理、日本文化。当他大学毕业前说想去日本时，我想，这时候不让他圆梦，以后就再没机会了，也就让他到日本就读语言学校。

　　这个学校是升学前的预备学校，所有老师、学生都有课业压力，都很用心，除了他。他并不是为了继续升学而来，他一直都喜欢待在团体的边缘，因此，在那里很自在。

　　来到日本，他发现日文是非常理性化的语文，比想象的难很多。他当然也想学好日语，但没有什么压力，就不像其他同学那么拼命。在最后一关日本语能力总测验，成绩要用来申请学校，所有同学都报名参加，那一阵子上课的气氛就像台湾联考前一样。只有他，成绩单没什么用途，不用怎么准备，当时考的是最高的一级等，他自己觉得没啥把握，就当做考验实力。一个月后结果下来，全班都通过了，"最意外的大概就是我吧！"他说。

结业证书既然不是他的目的，那么去日本最大的缘由也不是我简单的认为"哈日"而已。他多年之后才跟我谈起——他太想换一个空间。

"对我来说，在多伦多，从高中一直到大学毕业，好像是一条理所当然、铺好的道路，我走在上面已经很久了，感到厌倦，想要进入一个全新的领域。"他说，"想来想去，想到去漫画王国当漫画家的念头。"

他又说："虽然中间发生了很多事，不过归纳结果，我是想用画漫画，把脑子里的某些东西给释放出来！"

我说："现在我理解你的心路历程，以前我完全不知道。"我心底暗暗叫道："原来他更适合发展人文艺术的路子。"

"其实，刚开始我知道当漫画家的机会极为渺茫，但是不走一走，总是有点不甘心，直到真正'做'了之后，才知道真相。"他说，"我只是喜欢画画，但是更重要的是，我并没有画画的基本欲求。对真正有欲求的人来说，画画就像呼吸一样，很自然、很本能的，他得一直画，否则活不下去。而我，不是这种人。"

"在同学间，大家都知道我想画漫画，所以也非画出一些东西不可。"

我看到朋友给他的生日卡上密密麻麻地写着各种贺词，居然都称他为艺术家。那时候，他的确画了三部漫画，寄了一部给我看，虽然外行，我还是用心阅读，并且写了读后感给他。我只知道，最终，他放弃成为专业漫画家，回到多伦多后，继续学油画、插画。

在日本的第二个目的，是想多和人接触。即使三年后他才告诉我，我的眼镜还是跌破了！

"在宿舍认识的台湾人都是好人，大家像家人般。以我的标准来看，这群人很会玩，从他们身上也学到了玩的方法。我从来不认为我比他们会玩，奇怪的是，过了一年后，他们全都认为我变得超会玩了。"

"在日本有很多诱惑。很少有这么多女性在我旁边，尤其很少有这么多时髦的女性来来去去。更很少有这么多女性把我当男性看待。但是，如果我保持原状的话，就什么都不会发生。"他说，"所以，利用春假，把衣服、头发都改了。一去学校，果然，所有人都说我变了。我心想：作战很成功。但外表的改变只有短暂效果，下一步还不知道。"

"我自己想，一定要依照自己的特质营造个人的特色。然后想出一些策略，如何吸引女性。例如，像我这样的人，应该不适合卑躬屈膝太听女生的意见。我不知道所谓的策略是否成功，反正，这辈子从来没有这么多女性如此主动地来找我，而这一切只发生在短短几个礼拜内。"

"所有的改变，使我和四周的人都很讶异，虽然他们都认为是因为我外表变了的关系。我自己觉得我也像婴儿学走路一样，正摸索如何应付这全新的领域。不过理论上来讲很简单，我只是学习如何当一个男人、如何对待女人。之后吸引异性是理所当然的事。从此学校变成巨大的社交实验厂，后来再扩展到东京的舞厅，借此见识许多不同的人和世界。"

　　这样的日本行，在我的价值观来说，是完全成功、值得的。那是在多伦多的学校、家庭和社会都得不到的经验和人生启迪。他似乎是理解了——在人间，他想做怎样的角色都可以去尝试，也几乎做得到。

　　回到多伦多两年后，他似乎并没有兴趣选择跟自己本性差异太大的角色。日本行，似乎是一次体验、考验或者玩票，我几乎羡慕得有点忌妒他。

犯　错

儿子刚回我这儿住时，像一只被惊吓的小鹿，从不主动说话、不自己行动，电视放在我的房间，他连电视都不看，永远待在他的小房间里。

我想：什么都不做，就永远不会犯错，就不会受到责备。这可能是儿子当时的哲学。

儿子跟我一样，非常怕面对铁板烧的脸色。如果是外人，我们就永远不会接近他。但如果是家人，怎么办？只能尽量躲闪——儿子就躲在房间里。

我发誓，绝对不给儿子脸色看。反而，时常发明一些歪理，例如我告诉他："每人都有犯错的权利，不犯错，哪有改进的空间啊？想想，如果我们是天生的圣人，什么都拥有、什么都完美无缺，那活着要干什么？"

"天天吃喝玩乐享受人生啊！"他居然回答。

"如果那样，我就要改名为'郑（正方形）'了。"我说，"你一定很快就会厌倦这种颓废的生活。"

"话说回来，人虽然有犯错的权利，但也有不贰过的义务。这个很难做到，只能说是努力的目标。"

我们租进多伦多第一栋公寓时，楼下大门进出的磁盘卡一张要一百元加币。我给儿子一条链子，叫他把所有的钥匙和卡挂在腰带上，免得遗失。他说："不必，不会掉的啦！"

才第二个星期，他就遗失了那张磁卡。我没说话，去管理处再买一张。他自动把钥匙等都连在裤带上了。

之前，在台湾时，四妹陪我们逛街，儿子看上一幅画，问了价钱，3000元台币。他不敢开口要买，只是留连不舍。宠孩子的四妹立刻掏出钞票，买下那幅我们这些外行人认为昂贵的人物画。

回到家，儿子把玩他的画，我准备我的功课，各自享受宁静的黄昏。突然儿子过来急切地问我："你知道四姨带我们去买画的地方在哪里吗？"

"我不知道，你要地址做什么？"他没答话，又回头去拆解那画框。过一阵子，又跑过来："你能不能打电话问四姨，那家店在哪里？"我发现出了状况，正眼对着他："出了问题吗？"

他低下头，沮丧地说："我拆开框子才发现，这幅画是假的。能不能找四姨一起去把画退给老板？"

儿子犯错了。要用怎样的态度面对他？我的脑子快速打转，他是有自尊心的人，承受不了父亲的脸色才跑来这里。我一直小心翼翼地对待他，他需要尊重，捡回自信。现在，他犯错，整张脸像苦瓜般皱着、慌着，他已经非常自责，我能再加重压力责备他吗？我想，如何让负面的过失转为正面有意义的教育呢？

我用平稳的声音说："如果老板知道那是假画，就绝对不肯退货。如果他不知道那是假画，那么退货也要扣钱的。"

"那么，我到网络上去拍卖。"

"如果你用真货的价钱去拍卖假货，那不是在欺骗别人吗？如果你当假货来拍卖，那又有谁会来买呢？何况，你很快就要离开台北，哪有时间去做这些事？"

他锁着眉、低着头，痛苦万状。我心想，这种错误，我以前也犯过，现在也可能再犯。我的声音变得更温和："你不要难过，我们找四姨去退货，就说画不能从框子完全取下，我们无法带出国，所以不能买。当然，一定会折损一些钱。如果说，花一些钱来学习一个教训也很值得，下次遇到这类情形时，会特别小心，那现在被扣留的钱就不算是损失。"

处理完后，我说："你有眼光看出那是赝品，我还真佩服你呢！"他苦笑。

＊　＊　＊

那天，我在书桌前刚刚打开书本，听到开门声，知道是儿子放学进门，我照例离座要走过去，但他已经一个箭步闪到我面前，声音低促而凄楚地说："电子辞典丢了！"

"哦……呵……哦！"太突然，我完全语塞，不知如何响应。

这是儿子的"第三代"英文电子辞典，先前两个分别购买于小学、国中，到了多伦多，电池耗费过多，实在不敷使用只好功成身退。这个新辞典是上周我从台北为他买的最新机种。

辞典到手时，母子俩挤在书桌前，一起玩"造句高手"，好不开心！这玩意儿最让我喜欢的是可以直接插电源插头。过去那台旧辞典，像吃角子的老虎机般不到两个月就吸干我们一箱电池，而在这个特别重视环保的国家，电池价钱真是死贵，弄得我们查辞典都舍不得按比较耗电的发音键。

新辞典到了我们家，几乎日夜无休。儿子上学下课都要使用，只有在他看电视时，我才有机会亲近。自从有了它，我们时常一起查字典阅读英文散文，然后讨论文章的内容、结构、风格，分析特色。它不但使我们母子更亲昵，同时也开辟了我们之间知性的交流。

然而，不到两周，还没机会认识它的其他功能，辞典就遗失了！儿子犯错丢失辞典，刺痛煎熬着我的心：要如何面对他？责备他"不小心"？还是安慰他"没关系"？

抬头望着沮丧至极的儿子，知道他已经给自己很大的责备。既然不能责备他，也不能让他平白再获得一个辞典。我缓着声音说："我们努力找。"

辞典放在教室书桌下层，下课换教室时忘了带走，等想起来冲回去，已经消失。明知找回来的希望是零，儿子还是很听话地尽所有人事，向警局报案，向学校报告，贴寻物启事……结果跟预期一样，词典不再出现。

我说："回台湾我再买一个。"他仍然垂头丧气。

我说："妈妈多接两个演讲就可以把它赚回来。"

"那还是花了你的力气，而且，你说过不想再出门演讲了。"

"也许上天想给我们一次教育：因为你曾经失去它，所以当你再拥有的时候，一定会更加珍惜它、使用它、享受它。"

回到台北，回到原来购买的店，再买一个完全一样的电子辞典之后，我接着去交健保、去买书……一路上死死抱着新辞典，无法想象如果再丢失一次……眼泪居然滚了下来。我几乎不能理解，仅仅1万元台币上下的东西就把我打败了？啊，也许是那遗失的词典实在太新、太新了。

我把新辞典交到儿子手上，说："犯错没有什么稀奇，人生本来就是不断走在犯错的路上。错误像一个个陷阱，等着你掉进去，然后，看你自己怎么爬起来。能够自己站起来的人，大多不会再犯同样的错误，这就是成长。"

缺点或优点

　　圣诞节放假两周，第一周他全部埋头在"修理"从台湾买来的磁盘。第二周正要开始读书，同学约他去滑雪，他说要做功课不去；隔天，另外的朋友约去滑雪，他只好去了。

　　"好玩吗？"

　　"还不错。"

　　"大家都是第一次滑雪吗？"

　　"只有我是第一次。"

　　"谁教你？"

　　"教练在旁边讲一下，然后我们就冲下去……"

　　"你这么厉害！"

"每次都摔一大跤。只要摔跤，就有好多地方非常痛，而且很难爬起来。如果停下来休息不滑，就会冻得受不了。"

"滑了一天，那你不是摔了很多跤？"

"是啊！"

"那你还说不错？"

"其实是全身酸痛。"

"你还真让我佩服。"这一点都不像他的个性，居然可以摔一整天。

他明明事事都有自己的看法，但跟同学相处，却随和得叫我难以置信。

几乎同学一打电话来，他都有求必应。很多时候分明是临时决定的，他也放下工作，立刻出发。有些事先约好，他会告诉我中餐或晚餐不在家吃，但有时一通电话，又取消了。或者，他得等到电话来，才出门。

"你们去哪里玩啊？"偶尔我问。

"三人一起去看电影。"

"你们三人都喜欢同一部电影才一起去看吗？"

"哪有！总是吵很久才决定看哪一部。"

"你有吵赢过吗？"

"我从来没意见，他们两人已经吵翻天，我再加进去，就永远看不成。"

人人都说处女座的人龟毛，为什么他在很多地方都没有意见？跟朋友如此，在家也让我惊奇。

除了计算机配备、漫画等他的特别嗜好，在生活上他不曾要求过什么，从来不主动要买衣服鞋袜，内衣裤都又小又旧又黄，还是照穿。

他长胖了，台湾带来的长裤都太紧。朋友送来她儿子的长裤，嫌大，我不会改，他也照穿。我要他去买一条皮带，他说并不十分需要。

他的运动短裤不知为何不见了，他不肯买新的，因为下学期不上体育课了。每次都得穿长裤上体育课，回到家，长裤的臀部地方全湿了。

他上大学时，我把家搬到学校南边，朋友的儿子恰好也在附近上班，我乃让出房间，让两个男孩住一起，生活比较有趣。

毕业分居之后，我发现儿子受对方影响了一个生活习惯——每次用完马桶，一定把马桶盖子全部盖上。这也许是西方人的习惯，但我在公共场所从来不曾见过。

他有了这个习惯之后，就像以往一样，从不建议我照做，只顾做他的。

这次我到多伦多，他洗脸后使用的柔软水被我误用，并收在我的洗脸用具盘子里；他掉了东西，也不问，每次都少用一样，直到我发现为止。当发现时，大惊小怪的人是我，他却是无所谓，"哦、哦"两声就了结。

真不知道，这算是他的缺点还是优点？

万事不求人

是个性也是习惯，我从不爱打扰别人，最怕想要人帮忙时的窝囊感觉，每每遇到绝处，心想再苦也不过"挂"了，还是撑一撑吧！

为此，总把生活摆放在最简单的状况，练就万事不求人的习惯。

没想到，日子再怎么简单，还是会遇到自己无能的情境。家里所有兄弟姊妹，只有我不会开车，偏偏得单枪匹马带儿子去多伦多。大姐第一个说："在北美，没有车就没有脚，你快学开车吧！"可是，马上就得出发。英语、开车都来不及学，更遑论去考英语驾照。再说买车开车又多一笔花费，还是把自己当成一部车吧！

当年六月在多伦多没有任何亲戚朋友。到年底，才慢慢结识几位朋友，他们知道我不会开车，有时主动绕过来带我采购。

每逢这个机会，我立刻大包小包拼命买。儿子平时喝果汁的多寡端看朋友带我的次数。有时隔天又有朋友相约，舍不得放弃机会，家里顿时有大量新鲜水果及各种食物，我就恨不得儿子三餐、下午茶、宵夜都能"暴饮暴食"。

但我从未主动开口请人带我买菜。

家里，不用说，新买的桌床椅垫都得我和儿子合作组装。我还买了钉锤、电钻、锯子，我一个人把储藏室"装潢"得很实用。

儿子买了特大计算机屏幕是为了计算机、电视共享一个屏幕，可能因使用不普遍的关系，一开始就不来电。我们把东西送回公司，一直没有回音。我只好用最实在的办法，天天转两趟公交车去公司苦等，终于在奔波之下完全OK。可以看电视的当晚（恰好周六），他居然在电视前看到清晨6:00。

解决了计算机，再陪他去买录放机、音响、打印机，都是他喜欢的牌子，事情告一段落，我说："你想要的东西都全了吧？"答案"是"。

有个周末，他想看一部有关科学的电影，他同学都没兴趣，我自告奋勇陪他去找戏院，看着他进了场，我再散步回家。

二弟正在办移民手续，要我找律师签字，早晨起床收到他的传真，立刻各处打电话找律师，看哪一家最近又最便宜，再冲过去，办完回来，传真给移民公司，他们做梦都想不到我速度这么快。

　　这里的朋友都认为我日后一定会买车，即使认为我非常穷。我想，刚来的前三个月的确艰苦，回想起来自己都不得不"佩服"自己真够强壮。那最辛苦的阶段都撑过来了，何必再买车？

　　即使是一个小小的家，也经常发生意料之外的状况，儿子的立灯不亮，我"希望"是灯泡坏了，连买五只，确定不是灯泡问题。只好趁打折跑去再买一个全新的，东西又大又重，没有任何带子捆绑，只能双手抱着，天气极冷，从百货公司出来等不到出租车，每次在面对困难时，我都告诉自己："反正一定撑得过。"果然，最后总是安全到家。

　　人有很多潜能，不遇到困难就不会冒出来；人也可以学习非常独立，只要你愿意。

讲 古

在多伦多，他忙着功课，我们没有什么时间一起休闲。只有吃饭时面对面，我每天都得抓机会嘻哈一阵，表示我们也有亲子时间。

我挖空脑袋，把自己从小到大可资借鉴的笑话老实道来。

"这个故事婆婆到现在还喜欢重讲，我自己当然没有记忆，那时候我还是不会走路的婴儿。"我说，"我天性怕生，从小只让婆婆跟大姨抱。有一天，婆婆抱着我，跟一位相熟邻居聊天，聊啊聊的，那邻居就两手伸过来作势要抱我，我立刻扭转头死死抱住婆婆的脖子。那邻居笑着说：'死丫头，我非抱你不可！'就把我从婆婆手上强搂过去，你猜结果怎样？"

"你就大哭！"儿子说。

"不是，我什么声音都没有，因为气昏过去了。"

"你很讨厌那位阿姨吗？"

"我当然不记得我讨厌不讨厌她。但是，这件事说明我天性是怕生的。"我说，"这件事情发生在我婴儿时期是可能的，我确实知道自己怕生；还有，我脾气很倔强呢！"

"哇哦！那你喜不喜欢你的天性？"

"应该说，每种天性都可能产生正面或负面效应。倔强的人，比较不会转弯，做对事时会择善固执；但做错时，会怙恶不悛。不过，我这个性比较需要用心调整、小心拿捏。小时候不知道，长大后才领悟到的。"我说，"其实，这个性也遗传到你身上。你比我还怕生，你固执的时候比我还不轻易妥协呢！"

他轻轻微笑，算是默认。

"当我发现这种个性在你身上产生负面效应时，第一个想到这是我遗传给你的，很对不起你，绝对不能怪你，要慢慢引导你，不要让你重蹈我的覆辙。"

"你怎样引导我？"

"我不是永远鼓励你多参加社团、多交朋友吗？我不是说不论我们多么穷，对朋友还是要大方吗？"我说，"你记得吗，你念国中时，每个周末回来，我都把你的钱包打开来，不论里面剩下多少钱，我都会把它补充到500元（台币），我希望你跟同学相处时，不要小气。"记得当时他父亲发现后，跟汪师母说：我用钱收买小孩。人间观点的差异经常如鸿沟，问题不在事情本身，而是对待事情的看法。

没有人是完美的——我们自己就有很多缺点。所以，我跟孩子说："交朋友不要太挑剔，只要对方品格好，谈得来，就可以成为朋友。不要计较对方有什么缺点，例如脾气古怪、爱骂人、抽烟喝酒之类。包容朋友的缺点是人际关系里的一种艺术。"

也许从小我就经常灌输这种观念，在他国二时，竟然脱口说出让我惊讶的话："我发现金钱可以买到友谊——虽然不是绝对必然。"

我一时哑然。过一会儿，我说："虽然如此，你结交的朋友还是太少啊！是你固执选择某种类型的朋友吧？还是，仍然怕生？还是，喜欢孤独？用心想想金钱买不到的真理喔！"

* * *

还有一个故事，也不在我记忆中，仍然是母亲当笑话讲出来的。

"我们小时候，大家都很穷，我们家可能是最穷的家庭之一，不过与邻居之间都相处得很好，时常互相帮忙。"我说，"那时候，我才刚学会走路、学会讲话，时常语出惊人。"

"喔？吓到谁？"

"吓到现在的我！哈哈。"我说，"很难相信那真的是我，或者只是婆婆掰出来的？"

"我们小时候家里穷，小孩可能不只营养不良，也许三餐都吃不饱吧！"

"你记得喔？不然你怎么知道？"

"我其实不记得，但发生的事情，太不像我的个性。"

"哇喔……"这声音好像变成我们聊天时的逗号。

"我们邻居有一位王姓男孩，每天参加小学课后补习，家人都早已吃完晚餐，他才回到家。婆婆说，有一天，我像小鸭子'啪啪啪'地走向那位正在猛扒饭的男生，对着他说：'王哥哥！王哥哥！我姓王！'那男生继续扒饭，根本不理我。"

"那你怎么办？"

"我还是巴巴地望着那无情的男生啊！"我说，"当时，那男生的妈妈看到了，就大骂她儿子：'你这个背死鬼，你看小娴多可怜，你就给她一口饭吃啊！'"

我很快问儿子："你觉得这行为像不像我的个性？"

"不知道。"

"看起来不像。在我有记忆以来，几乎从来不开口求人。"我说，"你大概不知道，我们到多伦多来，认识这么多朋友。刚开始，她们都说想买菜只要讲一声，就会载我去。可是我从来不曾主动打电话请人载我去做任何事，我宁愿自己一个人拖着推车在雪地里跋涉，也不打电话。这不是好不好意思的问题，我觉得明明自己可以做到的事，何必麻烦别人呢？"

"我们老师说，下雪或积雪时，只要有风吹过来，气温就会下降10℃左右，非常冷，雪地很难走的。"

"你不是说妈妈是补漏专家吗？我从台北带了一个机车用的安全帽，再买一个加拿大滑雪用的通气口罩，再加上一个游泳用的潜水眼镜，我脖子以上就像戴了防毒面罩一样安全！再穿上雪衣、雪靴……走在路上真的不冷。"我说，"只不过，路上的人见到我，好像看到外星人一般惊讶，让他们开心一下也很好！"

我说："我的运气很好，在雪地当哈士奇犬的经验不多。后来，都有朋友主动打电话过来载我。我也会把握机会，一有人帮忙，就尽量多买，多存些货。"

"反而是夏天，朋友比较不知道我需要买什么东西，我每星期都会看'Saver Bag'，一看到我们需要的打折货物，就搭公交车去买，等到结账时，才想到：这么大的对象怎么搭公交车回家啊？多伦多的出租车是绝对不能搭的，上车像搭飞机一样，在大马路上飞奔，心脏比那里程表跳得还快。"

"不论如何，左一个压力右一个麻烦，弄得我苦哈哈的，还是不求人！"

"那么，那个故事是婆婆掰出来的啰？"

"婆婆也没有必要编派我的故事啊！可能是真的。"

"那不是完全不像你吗？"

"这故事最能说明：民以食为天，人在吃不饱的时候，是谈不到人格、自尊之类的问题的。"

变变变

青少年的孩子，具有无限的可塑性，这是我亲身发现的真理。

在我刚接手不断自溺的儿子时，完全没有把握能够把他拖上岸。

只要肯上岸，只要愿意活着，就好。当时，只有这个小小的目标。

孩子的问题在于：承受太多压力，自觉一无是处。在台湾，让孩子失去信心的只是成绩，给孩子压力的也是家长对成绩的期待。

我跟孩子说："这个暑假咱们一起玩：看电影、打球、电玩、逛夜市……你想怎么玩就怎么玩。"

他小时候喜欢拼图、做模型，我怂恿他去挑些喜欢的回来，他看上的模型做出来手工细致如《星际奇航记》里的飞艇，他一件件地做好，摆在书架顶端，我们躺在床上瞧，一起欣赏谈论。在离开台湾时还有一件超大的帆船模型没有机会开封呢！

黄昏，就尽量到小学校园打球。我几乎买了全套棒球、网球、桌球、排球等一流的球具，可是我们却是完全不入流地乱打一通。我以为这样疲于奔命的消耗体力就是运动。直到遇见一位桌球教练，才知道我们母子只是胡搞。从此，儿子就由他教授桌球。

孩子明显开心许多，但这是暑假。开学后，面对的还是功课。他尝试的结果仍然是失败，我只好带他离开压力源，远走多伦多。这行动其实没有多少单亲母亲做得到，老实说我的经济能力也不够格，但我总是有多余的胆量，也就直闯异域。

来到多伦多，孩子仍然得面对功课，照理更加艰难。我告诉他，吊在车尾之后也没关系，这里50分就及格，反正只是来试读，不喜欢，咱就回台湾。

这里，没人给他脸色，没人催他用功，没人要他上进……虽然，每天我都小心翼翼偷偷注意他的心情起伏，怕他在学校受到挫折，怕他给自己压力。我心底明明想要他用功，却装出完全不在乎的样子。怪的是，在这里，确实是他自己要用功的。

过一阵子，他告诉我："以前总认为读书很辛苦，总是背不出来，其实纯粹背的东西最简单。"

"以前读英文报纸，觉得很困难，不知为什么，突然一下子，就变得很容易读了。"

后来，我偶尔提起他这句话说："你说了以后，我也在等这样一天，为什么永远等不到呢？"

"哈，你从来没看英文报纸啊！"

在他申请入读多伦多大学成功时，我说："你到多伦多，真是180度改变。"

"嗯。"

大学快毕业后，他在日本一边念语言学校，一边自己画漫画。

一年后，他回到多伦多，那儿的朋友特地打电话给在台湾的我："Chester变了好多，你见了可能认不得哦！"

儿子去温哥华探亲，跟多年不见的姑姑相处，回到台湾，他们一提起儿子，必然开心地说："小澍去了一趟日本，变得好开朗、好会讲话，实在太值得了！"

我跟儿子说："你从台北到多伦多180度改变，从多伦多到东京，又180度改变，幸好不是回到原点。"

默　契

　　两人相处久了，一定会产生默契。不过，默契有正面也有反面的效果，我们一定得往正面努力。

　　在他还是天真烂漫的儿童时期，我们之间时常有很多肢体动作。有一回，我说："你觉得爸爸比较了解你，还是妈妈？"

　　他没有回答，对我做一个鬼脸，我也做一个鬼脸回他。

　　他说："你比较了解我。你看，你都会跟我做鬼脸，爸爸不会。可见我们比较有默契。"

　　国中后，他逐渐把自己封闭起来，不主动跟人说话。这也罢了，他非常害怕别人注意他，一旦有人朝他看，不是低下头就是回身就走。

在那段重建关系的时期，面对本来就不爱说话的孩子，需要更用心"视其所以，观其所由，察其所安"。不错，我每天都偷偷注意他：瞧他的脸色，看他的动作，注意他喜欢的节目。表面上却装着什么都不知道。

这完全是一种心理战争。所幸，我赢啦！

我们很快就有很多默契。

刚休学时，我给他请了家教。第一次上课，两人关在房间里，下课后家教一走，我关上门，立刻问："你觉得他上的怎样？"

"我就知道你要问这个。"

我哈哈大笑。

高中时，他和朋友一起去欧洲旅游。回来后，聊起他在罗马看到一串很漂亮的仿黄金项链，他算算美金还够，很想买下来，"但是，我知道你并不戴这些东西，也不在乎这些东西。后来，就算了！"

"你真了解我！"我好高兴，"不过，以后看到喜欢的东西，也许你我都用不上，你只是喜欢而已，也可以买给你自己。就是放着也行，或者有一天你会送给某位喜欢的女孩。"

"你不是不喜欢不实用的东西吗？"

"那是我，我并不要求你要像我啊！你可以有你自己的兴趣、你自己的收藏、你自己的品位。"

大学时，有一天，他离开书桌走进厨房，我立刻跟过去，厨房是他不熟悉的地带，我怕他找不到他要的东西。

"我就知道你会跟过来。"他笑眯眯地说。

"为什么？"

"我不知道为什么，只知道你一定会跟过来。"这是很欢乐的谈话，他太了解我、信任我。这同样的事情，如果发生在他国中时代，这个"默契"就完全产生反效果。

他上班后，有一阵子连续加班，完全不确定何时回家。我平均算一算，大部分是九点多，我就选择八点前洗澡，他回来可以立刻做宵夜。有一天，我正在洗脸，听到一声轻轻的浴室敲门声，这表示，他回来了，还没吃饭。我立刻出来备饭。

最近，朋友告诉我大芹菜打汁，可以排毒，我乃从善如流。没想到第二天早上，儿子刚进浴室洗澡，我突然火急要用厕所，只好搭电梯飞奔一楼公用厕所。本来住户用外门钥匙就可以开门，但公用厕所竟然换了锁。我又冲回家，急敲浴室门，"你好了吗？"里面回答"马上"，果然马上出来了，身上只披着大浴巾。他见我狼狈的样子，扑哧出声大笑——在他早晨催眠状态中，能发出这么清脆的笑声可真不容易呢！

良好的默契，仍然需要用心维持。不论他多大，我绝不拆他的信。只要有他的电话，我立刻离开，让他安心讲话。有朋友约他出门，我从不过问去哪里、跟谁去、去多久。等他回来再聊不迟。临走时，我总是说："要玩得开心喔！"

有一次，他要我暑假晚一点到多伦多，因为他有一位日本朋友要来多伦多旅游，想借住我们只有一个卧房的家。亲朋好友知道后，纷纷问我是男是女，我开玩笑说："我不知道我儿子是同性恋还是异性恋呢！"后来那位朋友请不到假，没有成行。

到现在，我还是不知道他那朋友是男是女，我信任的事是不必问的。我不愿意他把关心误会成限制或者唠叨，那就破坏了我们之间的默契。